寬勉人生

國際牌阿嬤給我的十堂課

簡靜惠 著
楊雅棠 攝影

目錄

4 推薦序
寬與勉，兩個世代的傳承　陳芳明

8 推薦序
發現與篤行的智慧　廖玉蕙

12 來自各方的溫暖推薦
一抹淡紫的氛圍　余範英
國際牌阿嬤二世談傳承　洪敏弘
要認命，不要順命　洪裕鈞
女人的智慧　陳怡蓁
感動所有人的價值信念　楊照
真誠人生　簡宛
阿嬤，最美的「三容」　釋覺培

21 自序
書寫婆婆，書寫自己

27 第一堂
勇敢選擇自己的婚姻

47 第二堂 夫妻相處要知心
67 第三堂 婆媳之間靠尊重與欣賞
89 第四堂 教育子女有寬廣的心與視野
115 第五堂 做人處事要心胸寬廣
143 第六堂 自己的人生要會「打算」
169 第七堂 能決策，有擔當
195 第八堂 公益又公平的財務分配
217 第九堂 面對身體疾病，隨順隨心
243 第十堂 擁有像花一樣美麗的晚年

推薦序

寬與勉，兩個世代的傳承

寬與勉，是令人喜悅的兩個字。不同於坊間的勵志語言，這兩個字帶給人一種開朗寬闊的視野，也給人一種內在提升的力量。因為寬，涵蓋著包容與接納；而勉，則隱藏高度的自我期許。從來不知道，這兩個字竟然是一位女性的名字，一位務實而高貴的長輩。讀完簡靜惠女士的《寬勉人生》，內心兀自揚起一種喜悅，使人回歸到最尋常的狀態。書中的每一個文字，謙沖淡定，平靜無波，卻可以感受一股力量四方席地而來。

認識簡靜惠女士是在一九七三年，甫從台大歷史研究所畢業。那時接受《書評書目》主編隱地先生的邀請，兼職擔任雜誌的助理編輯。這份刊物正是由洪建全基金會支持，辦公室設在博愛路國際電化公司背後的二樓。每天上班時，必須穿越熱鬧的店面，往往會遇到簡靜惠與她先生洪敏隆。與日本松下電器株式會社合作的這家公司，無論如何絕對不可能與《書評書目》這樣的刊物連結起來。一九七〇年代初期，是台灣經濟開始起飛的轉型階段，整個社會逐漸被匯入全球化的潮流。當時台灣一方面面臨國際孤立的挑戰，一方面又遭受時有危機的襲擊，竟然見證國際公司默默支撐一個非凡的文化事業。簡靜惠正是這本雜誌背後的靈魂人物，與她認識是生命中的一個奇遇，她是我台大歷史系的學姐，卻因為文學而在校園之外互相合作。

縱然在那裡工作短短一年，卻為日後的文學道路投射無窮的暗示。無論是簡靜惠或隱地先生，有意無意把一位歷史系學生推向文學的追求。三十年後，結束長期的海外漂流生涯，卻又與簡靜惠重逢。從二〇〇四年開始，每年春天持續在她設立的「敏隆講堂」開授文學課程。這是無法說清楚的緣分，在始於歷史、終於文學的道路上，她彷彿是扮演了一個見證者的朋友。近十年來的密切過從，可以感受她帶著寬宏心懷介入紛雜的現實社會。「敏隆講堂」是為了紀念她早逝的先生，現在已逐漸成為台北市的重要文化地標。她的行事風格總是從容不迫，忙中有序，展現一種舒緩篤定的氣象。她的講堂不時邀請文史大師，如葉嘉瑩、許倬雲，舉行系列演講，免費提供市民前來聆聽。在浩浩蕩蕩全球化的洪流裡，她始終堅持一種人文精神，以最自然的形式表達社會關懷。她定期舉辦讀書會，從事社會公益活動，並且也在台灣大學設立人文講座，完全沒有偏離三十年前的文化投入。

閱讀《寬勉人生》一書，才發現她擁有精采而動人的婆媳生活。身處財團的家族傳統，她在乎的不是投資盈虧，而是在經營管理的生涯裡，體會另一層的人生哲學。她看待世界的方法，面對人間的態度，往往是在生活細節裡獲得靈光一閃。她把這份智慧的輝光，歸功於她九十五歲的婆婆游勉女士。游勉本名其實是游免，是父權時代的女性命名。「免」意味著甭用，或是台語的無路用，甚至是嫌棄或多餘。但是毫不起眼的渺小女性，卻是撐起一個大家族的重要支柱。她的有限知識，卻創造無窮的人生。簡靜惠在這樣的家族裡，受到婆婆的照顧、提攜、教示、關愛。台大歷史系畢業的簡靜惠，從婆婆身上汲取溫柔、豐富而堅強的生命之愛。

寬，是婆婆的小名。這本書恰如其分地彰顯了婆婆的本名與小名，也恰到好處地勾勒兩個世代的傳承格局。在坊間的讀書市場，充斥過多的勵志小品，這本書全然脫離矯情的文字、做作的身段，而是以最誠實、平實、真實的生活面貌呈現在讀者之前。游勉女士沒有高級知識分子的姿態，更沒有向壁虛構的偽裝。簡靜惠筆下的婆婆，過著簡單、樸素、正直、尋常的生活。她樂於助人，也勇於介入，卻永遠隱藏自己的身分與名字。在最黯淡的時刻，從未彎下身軀；在飛揚的階段，也從未趾高氣昂。寬與勉，就是她的人生。

陳芳明

（政治大學講座教授暨台灣文學研究所所長）

推薦序

發現與篤行的智慧

每回和簡宛及靜惠兩位姐姐見面，老聽她們二人豎起大拇指，東一句「國際牌阿嬤」，西一句「我婆婆」的推崇洪游勉阿嬤是位非常寬厚聰慧的老人家。雖然，腦海中已隱隱浮現智慧長者的身影，然而終究只是吉光片羽，形像影影綽綽，仍未分明。如今，有幸先睹《寬勉人生：國際牌阿嬤給我的十堂課》，細細玩味其中所載阿嬤的言行舉止，才真正心生嚮往且衷心嘆服。

年過半百之後，我對「老」字特別敏感，對老人家也開始仔細端詳起來。發現周遭的長輩，有許多若不是喜歡倚老賣老教訓晚輩，就是牢騷滿腹，到處傾吐；尤其婆媳相處，一向是台灣重大的家庭問題，多半的婆媳充其量只是相互吞忍而已，鮮少良好互動。前些年，到休士頓探訪朋友，見她年屆九十的婆婆，對媳婦的辛勞頗多嘉許與肯定，竟讓我感動到紅了眼眶，立刻引為典範，矢志效法。幾年後的夜裡，拈燈看完靜惠姐如數家珍地將婆媳互動娓娓道來，心裡欣羨之餘，更有說不出的感激。

我的公婆和父母已然相繼過世。他們生前，雖然對我沒有微詞，甚至還不吝稱讚，但我知道這全然是他們的寬容。年輕時，我為人粗略，有待改善之處不勝枚舉。如今，固然已經來不及效法為人子媳的孝道；但再過幾日之後，我即將晉身婆婆之列，正戰戰兢兢之時，忽然捧獲此份書稿，堪稱天上掉下來的禮物，焉能不心生感激！

靜惠姐一向身手俐落，個性爽直，是職場上不讓鬚眉的英雌已是眾所皆知。前些天，無意中還發現她所主持的「洪建全基金會」裡的員工，任職長達二十餘年者所在多有，可見員工對基金會的忠誠度極高，這當然透露出靜惠姐不但領導有方，而且深得人望的事實。看到本書後，我才知道家教與婆家的身教對她領導風格的深度影響；而這樣的影響，端賴靜惠姐多情的眼睛與聰慧的心靈，才得以因不斷的凝視、持續的思考而化約為她人生的籌碼。

「發現」與「篤行」是靜惠姐在書中隱晦傳達卻強烈鐫刻讀者腦海的強光。透過蛛網般纏繞交織卻線條分明的家族紀事，我們看到情節曲折的浪漫傳奇：阿嬤勇敢追求自我的抗命婚姻、靜惠姐和敏隆先生一見鍾情的執手偕行，從曖曖情感鋪敘到費心經營的清朗婚姻；我們看到美好的家族互動與人生理念：從婆媳相處與對子女的教育中，歸納出尊重欣賞與視野開拓的重要；我們看到個人自處與人際溝通的要訣：既談待人心胸又做個人打算；我們也看到事業的決策與公益的投入，由責任的擔當蜿蜒到所得的分配；我們更看到生理的老病與心理的調適：如何在病弱之中猶然見出美麗的祕訣。這十堂扎實的課程，是靜惠姐慧眼凝視婆婆一舉一動後的發現，也是她發現後的效法與實踐。

當然一本靈動的家族紀事，必須既有血肉骨架，還要有幽微細緻的膚質與紋理。所以，書裡不只呈現圓滿寬厚，也委婉透露美滿中的小遺憾：敏隆先生的英年早逝與壯志未酬；靜惠姐中年失侶的傷痛與隱隱的寂寞；人口眾多的家族間意見分歧所無法避免卻終究被勇毅克服的齟齬；甚至阿嬤「夕陽無限好，只是近黃昏」的病痛與悵惘……然而，雖不辭遺憾，卻非生猛的袒露，顯得委婉蘊藉，相當動人。

檢視本書的寫作策略，堪稱別具一格。以十堂課囊括人生生老病死進程中的要務；以阿嬤和自己兩代對婚姻、事業經營的並呈，對照出所受的影響與時代的變異，並對前行者殷殷表達敬意與愛憐；尤為令人激賞者，每堂課間以簡淨的俚語箴言相串連，歸納出寬厚勤勉的傳家智慧。總之，這本書因為選材得宜、文字流暢、邏輯周延且情感真摯，顯得肌理清晰，情致纏綿。除了讓我看到靜惠姐細膩溫柔的另一面，更給了我相當的啟發，讓我這即將升格為新手婆婆者獲益良多。

廖玉蕙
（國立台北教育大學語文與創作系教授）

一抹淡紫的氛圍

一抹淡紫的阿嬤是靜惠婆婆予我的第一印象，溫文典雅的她總是親切問詢、閒聊家常、牽掛叮嚀，以國台語夾雜接納我。阿嬤平靜淡雅、無虛華、不炫耀的古典品味，感染每個接近的人。歲月如梭，雖年年見面，阿嬤的話愈來愈少，仍是一身紫衫，仍是淡淡微笑又抱抱，我享受與她每次的相聚。去年她病後我隨靜惠去探訪，分享婆媳的溫暖時分，陪她們唱日本童謠，看靜惠逗趣自在的承歡，見阿嬤會心的回笑。

對靜惠的新書《寬勉人生》，我嚮往那一抹淡紫的氛圍。

余範英
（余紀忠文教基金會董事長）

國際牌阿嬤二世談傳承

中華民國一百年十一月一日，洪建全基金會歡慶四十歲生日，我在應邀致詞時提到，在基金會成立時，台灣文化是一片沙漠，洪建全基金會是台灣第一個由企業贊助成立的教育文化基金會，因應時代環境的需求，以文、史、哲、藝，全方位推動文化啟蒙。當天在慶祝會現場，樂享室內樂團演出的第一首曲目是柴可夫斯基的作品《一位偉大藝術家的回憶》，用此曲來形容創會執行長簡靜惠是偉大的藝術家，應是台灣文化界的共同感謝。

靜惠和我雖是台大同屆同學，但當年並不相識。這本書的文筆承襲一貫熟悉的簡派流風，細緻流暢，充滿真情。靜惠把人生中當女兒、當媳婦，與媽媽的互動過往，以及在她生命中的感動和領悟，真實而深入的與讀者分享。靜惠的天資，與媽媽的投緣，加上時代所需及她個人所學之契合，以及家族資源的大器支持，在在巧妙而完美地造就了她與媽媽之間四十多年的婆媳情深。我要很驕傲的說，靜惠已全盤傳承母親的智慧，可被冠上「國際牌阿嬤二世」之名。

明年（二〇一二）九月是家父百歲冥誕，也是他所創立的台灣松下電器五十歲生日，這本書將是最好的賀禮。

洪敏弘

（台灣松下電器公司董事長）

要認命，不要順命

這張照片是我女兒滿月當天，我們帶她去看她的阿祖——我的阿嬤時拍的。阿嬤抱著與她相差九十五歲的曾孫女，忽然以流利的日文唱起了〈龜兔賽跑〉的日本童謠。而這小娃也很識相地聽完整條歌，然後安穩地睡著。我在按下快門的同時，也意識到這首歌是阿嬤在她的小時候、也就是九十多年前學會的！

阿嬤永遠是一副泰然自若的神態。年少時我曾經歷叛逆期，在體制的邊緣打轉，與我媽（作者）有過一段拉鋸戰。好在我媽自許為現代女性，可以坐下來溝通，接受不同的思考。她也洞悉我的弱點，知道我在阿嬤面前不敢耍酷，努力地在阿嬤面前保有我的尊嚴，建立我的信心。

阿嬤曾經說過：「做人啊，要認命，但不要順命。」我覺得這句話很貼切地形容了阿嬤一生的態度。從阿嬤小時候努力做洋裁賺錢，掙脫童養媳的命運；到兩年前阿嬤因藥物過敏生了一場大病，全身百分之七十的皮膚都受到感染，九十多歲的她拒絕屈服於病魔，奮戰幾個月之後，不只康復了，而且新長出來的皮膚比年輕人還要粉嫩，現在每天唱歌讀書好快樂。

希望我的女兒也遺傳到阿嬤「認命不順命」的基因。

洪裕鈞
（愛比科技公司總經理）

女人的智慧

傳統企業大家族總是蒙著一層神祕面紗。想像中有一位威嚴專制的創辦人，勤勉持家的老闆娘，也許還有幾房夫人，第二代兄弟群雄並起，妯娌競相爭豔，第三代每每以風光盛大的婚宴佔滿媒體篇幅。升斗小民看得眼花撩亂，不能理解其中奧祕。

簡靜惠女士和她婆婆的「寬勉人生」卻毫不吝惜地揭下神祕面紗，以平實誠懇的文筆，讓我們窺見大家族的真實面。國際牌家族的男人們也許沿襲傳統地競爭，女人們卻互相珍惜扶持，營造出不一樣的圓滿人生。婆媳之間不止彼此了解尊重，甚且真心欣賞相愛。簡靜惠以此書傳承洪游勉女士的智慧，也寫出兩代女性所走過的不同時代，以及所懷抱的一以貫之的價值觀：勤勉地耕耘自己、耕耘家庭、耕耘事業、耕耘社會公益；寬容地對待親人朋友、對待不認識的社會大眾、對待時或遭遇的磨難與挑戰。

箇中真情令人動容，其中真意令人省思。女人的智慧是天下和平的基礎吧！

陳怡蓁

（趨勢科技創辦人暨文化長）

感動所有人的價值信念

一本書中集合了兩代台灣女性的智慧。龐大的家族企業是她們的限制，卻也是她們的挑戰。靠著非比尋常的婆媳關係，她們建立了難得的女性團結意識，創造了兼具人情、正義與熱情的生活模式，撐起了一個家，更撐起了一套可以感動並啟發所有人的價值信念。

楊照

（作家、媒體人）

真誠人生

出生在不同時代的婆婆與作者，同時出現在同一本書上，映照不同的時代背景與處事態度，這是多麼別出心裁與創意的安排。

她們個性不同，背景有異，但是她們有相同的生命底蘊──認真，也有一致的人生態度──誠懇。今年九十五歲的洪游勉，半年前我還看著她一字一句，困難地跟著靜惠讀報學唱，如今已很愉悅地與我共享她從讀唱中得到的快樂與成果，不僅朗朗上口，更與半年前判若兩人。我眼中含淚，心中感動，那是一份多麼深的用心與真愛，所顯現的奇蹟。數十年如一日的婆媳與知己，一字一句展現於書中，分享了她們的真誠人生。

簡宛
（作家）

阿嬤，最美的「三容」

我對阿嬤的印象，最深的就是她一臉純淨滿足的「笑容」：近百的歲月並沒有在她臉上留下任何悲歡離合的印記，倒是洗斂得如慈悲的修行人，從眼神到嘴角，那麼真、那麼善、那麼美。

再有的印象，就是老人家談話的「內容」：面對人生的苦樂，她說：「好的放心頭，壞的放水流。」一生病動刀後，她又說：「醫生對我『足好』，壞的都拿掉，現在剩的都是好的。」幽默卻又豁達的態度，來自對人生的樂觀與透徹。

從阿嬤對人的讚美，我看出她的胸襟充滿無限的「包容」：她口中的媳婦是那麼完美，談到女兒是如此孝順，說及朋友又是無比的好……不禁令我想起佛印禪師見蘇東坡是佛，乃因禪師心佛眾生一如，佛早已安住心中。

簡老師與阿嬤代表了兩個時代的女性，時空的跨越並未讓她們婆媳之間有所代溝，人生多舛卻使她們成了惺惺相惜的好朋友。在面對生命起落的春夏秋冬，她們的共同特點就是「無止盡的學習」！

與其說這是一本婆媳相處之道的好書，不如說，它是一本真善美的實踐者（阿嬤），與一位善聽諦聽的領悟者（簡老師）之間的精采對話；這些對話，讓我們讀到了做人的「慈悲」，更讀到處事的無比「智慧」！

釋覺培
（人間佛教讀書會執行長）

自序
書寫婆婆，書寫自己

我與我的婆婆（人稱「國際牌阿嬤」，不過她已升級做「阿祖」了）情同母女。四十多年來，我貼近在她身邊生活，細細觀察她的言行舉止，婆婆的智慧與人格深深影響了我，相信也對許多女性，尤其是身兼數職的企業家婦女有著潛移默化的影響。

我曾經出版過婆婆的傳記故事，相信透過媒體報導，有些人並不陌生。但這次我以長媳的觀點書寫婆婆，也在寫作中書寫自己人生的歷程，兩相映照衍生許多異曲同工的韻味，還蠻有趣的。

我與我婆婆的婚姻都很有戲劇性。我的婆婆生長的時代，女性的一輩子就由媒妁之言決定了。婆婆更慘，她還被賣做童養媳，從小就被安排嫁給養兄，但她不屈從命運，掙脫困境，開創自己的人生與事業；我的時代已可自由選擇伴侶，我卻聽從雙方母親的安排與敏隆相親結婚，但我信守承諾，努力地經營婚姻與家庭，也開展一片天地。

我比我的婆婆幸運，我在婚後的幾十年中一直在她身旁工作、生活。婆婆就如一本活字典，她教會我在大家庭的人際拿捏、女性在職場上的分寸、對兒女的教養態度、做決策時的勇氣與不放棄、用尊重欣賞的角度看待子媳，以及面對疾病的從容、沉靜而有尊嚴地走在人生晚年。尤其是對錢財的態度，她明白事理、不貪戀名位財勢，她捨得、愛分享，這種內在的「寬容」、「厚道」、「忍耐」，要幾世的修持才能有的內涵修養，在我婆婆身上，我一一見到、感受到。

九十五歲的婆婆與七十歲的我，從日據時期跨越到現代的兩個世代，婆婆受限我自由，婆婆嚴謹我大方，婆婆嫻淑我明快……我們是和而不同，卻互相欣賞。五年前我參與婆婆的姐妹會，她們都是有品格的老人，我欣賞她們的「銀髮流儀」。仔細地聆聽、捕捉她們的智慧，提醒了我：歲月匆匆不待人，所以要及時把握，彈性且自覺地找到適合自己當下的生活方式。

我也參與並組織不同世代的讀書會，與兒女及年輕人如同朋友一般的相處，不拘泥自己的地位年齡背景，很自由地享受時代的演化進步。真正地珍惜現實當下的自由，也不忘必要的「自立」與「自律」，這可能也得自於我婆婆的身教言教吧，她一直是如此清楚明白地過日子。

她的兩個名字「勉」、「寬」都很好。早年她活得很勤勉、很辛苦，她說：「勉」字有力字邊哦，需要勉勵、努力生活哦！而「寬」則是她內在世界的展現，擴散到四周，延及他人。她真正活在這二字的真諦裡，是我們一家人效法學習的精神指標，也可做為一般人的人生圭臬。我特別邀請書法大師董陽孜女士寫下「寬」、「勉」二字，放在內頁供大家品味欣賞。謝謝陽孜！

這本《寬勉人生：國際牌阿嬤給我的十堂課》，我用一年的時間寫成，向來，我對自己的文筆沒有自信，但因與婆婆情感深厚，對她的行事作為有許多的感觸與感動，相信樸實的文字更能傳遞出我發自內心的真感情。

婆婆自幼聰慧過人，與人說話聊天，常常出口成章。去年她生病住院，為了幫助她腦筋活絡，我每天找話題與她對話。有一天，我對婆婆說：「我們來唱歌吧！」沒想到那些日本童謠、台語歌曲，都從婆婆的記憶裡跑出來了！我為了配合她，也努力去找歌詞、CD來練，我們一起唱得好開心。

當婆婆痊癒出院，住進整修好的家，身子一天天好轉，生活品質也大加改善，可以真正開懷地閱讀和唱歌了。我拿來很多繪本童書，有日文的也有中文的，婆婆就拿著看書的放大鏡，一句一句地讀完每一本。每天婆婆都被親友圍繞著，如同開「音樂趴」一樣的歡樂，唱歌、讀書、說話聊天，明朗歡喜地走在她人生晚年的道路上。

這本書是在「鼓勵聲中」完成的。謝謝遠流專業的編輯文娟、祥琳不斷地加油打氣，雅棠細膩捕捉阿嬤的生動表情與全書設計。也謝謝嬿庭、玉珍在文稿整理上給我的幫忙，以及基金會同仁協助我完成理想。對於家人親友多年來的包容、支持、鼓勵，更致上我深深的感謝。

簡靜惠

寫於二〇一一年十二月

壹

第一堂

勇敢選擇自己的婚姻

有人牽成是福氣，自己打拼是勇氣。

阿嬤的話

有人牽成是福氣，
自己打拚是勇氣。

「那時在鄉間有公車但班次不多，阿叔叫我到庄頭去等車，說有一部由員山仔（現在的新北市積穗附近）開來的車要我坐上去。我隱隱約約知道，他們要我與一位姓洪的男士在車上『相看』（相親）。車來了，我很緊張地趕忙上車，前排有空位就一屁股坐下來，忽然我聽到後面有人窸窸窣窣在說話，我才想到：有人要與我相看哦！但我坐前排不敢回頭去看，不知那位先生是生做圓的還是扁的？我卻被坐後面的洪先生看得一清二楚了。」

這是我的婆婆洪游勉女士對我說起與公公洪建全先生第一次相親的有趣經過。這件事我也聽堂兄洪鴻源先生提過，當年（一九三六）就是他陪我的公公一起去搭車的，這門親事也是他的母親阿財姆（洪建全先生的堂嫂，我稱她為伯母）做的。阿財姆聽說中和的枋寮庄頭，有一位查某嬰仔會洋裁、懂算數，又有好名聲，就想來報給洪家的這位堂弟做某（老婆）。

我婆婆在兩個月大時，就送去給別人家當養女。當年台灣社會有重男輕女的觀念，並不一定是家境不好的人家才這樣，有時是把自己的女兒送人做「童養媳」，收養別人的女孩兒來家裡幫忙家事，長大後嫁給自家兒子，也就是俗稱的「送作堆」，既有免費使喚的小幫手，又替兒子省了一筆娶親的費用。而「童養媳」一生的命運，幾乎在被送往收養人家時就注定了。可是我的婆婆是一位不肯向命運低頭的女子，她很早就察覺到這不是她期待的婚姻：養兄與她個性不合，兩人如結為夫妻，必然難有幸福美滿的人生。於是十三歲時，她向養父母提出她要去學做洋裁，努力賺錢，幫養兄娶一房媳婦，以換來自由之身。我婆婆這段掙脫童養媳命運的故事，頗為人津津樂道。

一九三七年，洪建全先生與游勉女士結為連理。（簡靜惠提供）

歲月淬鍊夫妻之情歷久彌堅，夫婦倆在全家福合照前留影。（簡靜惠 提供）

我的公公是中和鄉員山（現今新北市積穗村）人，家境雖不好，但做事很勤快，他跟婆婆一樣，也拒絕和家裡安排的童養媳結婚。每當我堂兄說起他們倆相親的這段往事，我公公就很得意地呵呵笑說，我婆婆被偷看了還不知道。

阿嬤的話

查某人不能賭命運，
該衝的時候就要衝。

用智慧進行一場柔性革命

當年她發現和養兄的個性不合，便委婉地跟養母說她不想跟他結婚，沒想到養母竟嚴厲地說：「妳只有兩條路可以選擇，要嘛，乖乖聽話嫁給養兄，否則就賣到南部的煙花柳巷。」

婆婆不肯接受這樣的安排，不願委屈地任由命運擺布，但她沒有哭鬧頂撞或上演離家出走的戲碼，反而想出了更有創意的第三條路，是一種「雙贏策略」：說服養父母讓她跟著福州來的師傅當洋裁學徒，賺取足夠的錢幫養兄娶一房媳婦，同時也「換取自己的自由」。

我曾問婆婆：「妳當時那麼細漢（年紀小），怎麼知道要這樣想？」

她的回答很簡單：「我感覺不合呀！我就一直想、一直想……就想出幫他找媳婦這個辦法。」

「自己一直想……」意味著經過一番深思熟慮，不僅要了解情勢，也要知道周遭人的想法，還有自己的能力資源。想想看，八十年前的保守社會，一個十三歲的女孩子，在面臨重大的人生

年輕時的游勉。有著不向命運低頭的靈巧與韌性。（簡靜惠 提供）

抉擇時，竟能仔細思索自己的未來，勇敢做出決定，而且付諸行動，這是多麼不容易啊！

這件事讓我看到，當碰到攸關人生的重大決定時，光是不滿、煩惱、生氣、抱怨、哭鬧，是不能成事的，反而可能因一時的衝動帶來更壞的結局。我的婆婆不但有勇氣選擇自己的婚姻，更運用智慧進行了一場柔性的革命，解決了原本看似無解的困境，走出一條自己的路。

克服命定困境，家庭與事業靈巧以對

我認為婆婆能勇敢決定自己的婚姻，所依靠的不只是勇氣而已，她的勇氣是架構在「理性靈巧」和「堅忍韌性」的基礎上。

好多年前，我曾聽過裕隆集團前董事長吳舜文女士在一場演講中這麼說：「中國女性有靈巧的特質，懂得察言觀色。別人眼睛一轉，就知道發生什麼事，該怎麼做……」

我婆婆正是這樣的女性，我外公（也是婆婆的三舅）說她「目頭巧」，就是聰明乖巧的意思。她雖是童養媳，但是養父母並沒虐待她，反而疼愛有加。正因為她靈巧、知頭重（輕重緩急），當人家「眼睛轉輪」，就知道該怎麼反應、怎麼做。這樣的人怎麼不會「得人疼」？

當他們兩人相看對眼之後，很快就結婚了（一九三七年）。婆婆嫁入洪家，與公公胼手胝足，一起創業。婚姻對婆婆那個時代的女性而言，是人生的唯一出路。她違背養父母的安排，嫁給別人，在當時是一件大事，而她之後要面對的現實是很嚴苛的：公婆伯姑一大家子的人、事業草創時期的千頭萬緒、孩子接連而來的養育及教育問題……

她克服了命定的困境，以理性選擇自己的對象，就不能讓自己的這個決定失敗，於是她靈巧的應對進退，在婚姻、家庭和先生的事業上傾注心力，夫妻同心，攜手開展一片天。

我的公公很滿意這位學歷不高、卻聰慧能幹的賢內助，常對人說：「沒有游勉，就沒有國際牌（Panasonic）！」婆婆結拜的十二姐妹之一李枝盈夫人就親耳聽過。對婆婆而言，這是最大的肯定，晚年的她常對我們說：「我有這句話就夠了！」

阿嬤的話

知識跑不掉，金錢會用完；
知識會生根，金錢會生腳。

從不放棄學習

二〇一〇年七月，婆婆生了一場大病，病中我常以她小時候的往事跟她對話：「妳住哪裡？妳的老師是誰？姓什麼？」

「我住中和的枋寮庄，老師姓游，游阿喜打人不驚死（台語諧音），他最喜歡我了。」

年紀大了，對越早遠的事越有記憶，我用回憶讓她的情緒愉悅，

前排左二為游勉，後排左一為洪建全。記憶是一個人的深沉價值。（簡靜惠 提供）

一邊也梳理生命之流。小學階段是她最喜歡提及的一段回憶，她最擅長的科目是算數、說話，她善辯論，有「小辯護士」之稱。她的能言善道，其實是一個人理性思考與語言能力的結合，婆婆的天資在小時已顯露出不凡之處。我想，她能在養母家與全家人和睦相處，又違背養母命嫁別人，與她的口才、思辨能力一定有關係。

但是，家庭環境的清苦讓她只能讀到小學畢業。對於不能升學這件事，她一直耿耿於懷。我常感受到她自以為不如人的遺憾，這影響到她後來特別看重子女的教育，也相當尊敬有學問的人。

雖然如此，她從不放棄學習。在資源極度缺乏的情況下，她從小就自修學漢文，誦讀當時民間流傳的善書《增廣昔時賢文》。這本書對她影響深遠，書中許多的良言佳句，至今都還能琅琅上口，一字一句形塑了她的人格基礎，也是她人生核心價值的根源。

十一年前（二〇〇〇），洪建全基金會為她出版傳記，記錄她的人生事跡（《國際牌阿媽的故事——洪游勉傳》），讀書會的朋友幫我找到這本小冊，我們印製了隨書贈送。後來我又請婆婆親筆寫下十句話（編註：見每一篇刊頭），都是她經常掛在嘴上的生活格言，她是坐而論道，也起而力行。

婆婆早年（一九六三年開始）因打高爾夫球而有十二姐妹的結拜，她們每月聚會，至今已持續近五十年了。婆婆排行第二，一位阿姨說：「二姐，妳裡裡外外做得那麼好，好能幹哦！我要跟你學。」婆婆說：「妳學不來的。」「為什麼？」「因為妳小時候不像我這樣歹命呀！」

婆婆小時候吃了許多苦，磨礪出堅忍與柔韌的內在能量，但她明理、勇敢、惜福，凡事都會想清楚，知道什麼該做、什麼不該做。一如她喜歡的格言：「有人牽成是福氣，自己打拚是勇氣。」最能呈現她的柔軟與堅強。

∞

靜惠的話

我自己決定的，我會努力完成，請放心。

我與婆婆相差二十四歲，我們都屬蛇，但因世代不同、社會風氣景況也不一樣，對於受教育及婚姻的選擇，我有更多的自由與機會。

我的父母很注重教育，常說：「你們受的教育，就是你們的嫁妝。」所以，在台灣受完高等教育後，我還可以依著自己的意願出國讀書。

話雖這麼說，當一九六六年我哭紅著雙眼，從台北松山機場登上飛機，離開父母要到美國留學，我母親仍十分心急地要我盡快決定婚事。她命令我在東京下機，停留一週，去「相親」！

當時洪敏隆來接機，我記得他還被他的阿姨指使，帶著巧克力和一束花來，很羅曼蒂克的樣子。我看出他有些尷尬，不是那麼自在。事隔多年，我才知道他的一群朋友（當年淡江英專的同學也在早稻田大學留學）對我這個台大畢業生可是很有偏見的。他們說：「台大學生的眼睛生在頭髮裡，長得又醜……」想來他也不是那麼心甘情願，八成也是被逼的。

在東京停留期間，我們有機會一起說話聊天，敏隆第一句話就說：「我當年不是什麼好學生喔，常蹺課、打彈子……對了，我在淡江讀書時，下課後常跟同學到淡水街上閒逛、散喝（隨意在路邊攤喝酒、吃東西）……」

我卻想：「這人倒是很誠實，不會壞到哪裡去！不過就是喝喝酒罷了。」這是我對他的第一印象。我因為成長在商販之家，父親招待來往家中的客人，喝酒划拳什麼的，我早就見慣了，不怕！

第一次見面我就覺得這人厚道可親，不矯情做作，兩人相談甚歡。我心想既然雙方母親都贊成，也就不排斥這門親事。但是我父親卻有意見，他認為我是個書呆子，可能沒辦法應付洪家的企業家族，而且在旅途中匆促決定，他很不放心。為此我還特地從東京打電話給父親：「爸爸，這是我的決定，我會自己負責的。」

靜惠的話

婚姻不是人生的全部，一旦決定，就要認真努力去經營。

讓命運握在自己手中

我會做此抉擇，一來，敏隆這人真誠穩厚；二來，我因旅途滋生的複雜心情，剛好有愛情可填補；三來，感受到兩位母親的用心，兩家都熟識，結婚後比較不陌生，而那時的我也還未有知心男友。

一九六六年，在日本東京相親後初次一同出遊。（簡靜惠提供）

二〇〇六年三月，《聯合報》採訪我和婆婆，做成「相對論」專訪，標題是「婆婆像本書，永遠讀不厭」。我說：「其實我第一次看到敏隆時，感覺他的神情態度都像阿姨（以前我喊婆婆為阿姨），有親切感、熟悉感，所以不害怕。」

婆婆很快接著說：「那妳是看上我才答應哦！」大家哈哈大笑！她的反應機智一級棒。

「我決定的，我會努力！」這是我對自己及父親的允諾。

決定婚事後，接著而來的現實必須去面對。我很快知道敏隆在洪家生為長子的責任，他的父母對我們的期待很高，我先要改變我在美國的學習課程，由奧勒崗大學轉到洛杉機的羅耀拉大學就讀。不久，敏隆也申請到美國的南加州大學。三年內（一九六六～一九六九）我們在洛杉機結婚、兒子裕鈞出生、我拿到學位後，立即跟著敏隆回到台灣。

對於婚姻大事的決定，我應該算是果斷衝動型的人，可是我一旦下定決心，就會努力達成。反觀婆婆，她屬深思熟慮型的人，凡事設想周全後才去做。我們兩人都是很有勇氣的，用理性去了解情勢，信守諾言並全力以赴，負責任的成就婚姻、家庭與事業。

同樣是勇敢選擇婚姻，我婆婆事前憑著她的聰慧靈巧，克服障礙，以自己的力量決定一生；我則在擁有較多的自由下，雖是媒妁之言，卻依自由意志去抉擇。在決定後，也都以認真負責的態度，讓命運握在自己手中，努力通往圓滿的那一端。

貳

第二堂

夫妻相處要知心

不要太相信，但也不要去懷疑。

阿嬤的話

不要太相信，但也不要去懷疑。

「一九六〇、七〇年代，National Family（指日本及海外代理 National 品牌的各國代理商，包括日本、台灣、香港、泰國、菲律賓等）在香港開會，我與妳爸爸（老董事長）一起去。香港是購物天堂，先生們開會，太太們就 shopping，天經地義。當我與一群太太出門購物回來，我看到董事長望著我偷笑，我知道他笑我沒向他拿港幣，怎麼有錢買東西？可是我也在偷笑，我笑他被我挖了個大洞還不知道！我雖然沒向他拿港幣，卻用他的信用卡副卡大採購。」

這段「挖洞」往事，常聽我婆婆說起。五十年前，我的婆婆就已經會用現代人慣用的「信用卡」了。如今刷卡消費是稀鬆平常的事情，而難得的是，在那個年代，我公公大方地替老婆辦了張副卡，顯示他對妻子的尊重與珍愛，真了不起。

阿嬤的話

夫妻之間呀，要用腦筋，
不能傻傻的、直直的什麼都說出來。

聰慧靈巧，內外皆宜

公公與婆婆一同創業，當生意越來越興隆，交際應酬的場合也越來越多，公公都是攜伴出席，而婆婆的進退應對、穿著打扮都十分得體。依我的觀察，婆婆對穿衣搭配很有一套，永遠一襲旗袍，配上首飾，展現優雅大方的氣質。

她曾教我購買首飾的要領：「東西不要亂買，看到對的、合適的才買。像首飾之類，只要基本的幾套：珍珠一套、紅寶石一套、藍寶石一套，等有能力了再買鑽石、南洋珠……」

可惜我天生不擅打扮，不像婆婆這樣會打點。我愛運動又為了省

婆婆對穿衣搭配很有一套，氣質優雅大方。時為一九六二年，台灣松下電器公司成立酒會，與丈夫及日本貴賓合影。（簡靜惠 提供）

事，很少配戴首飾；而婆婆戴習慣了，即使病中也一樣「亮眼」。

自從婆婆嫁入洪家，對內對外皆得宜。對內，操持家務、侍奉公婆、教養孩子，毫不含糊，不僅是賢內助，更是事業上的好幫手。對外，無論是與台灣經銷商、客戶或是日本外商應酬往來，她儀態大方、懂得分寸、穿戴合宜、進退有據，也贏得眾人喜愛。我常覺得，人與人之間的相處如缺少了「敬」，會流於黏膩與空泛，親密如夫妻亦然。他們倆雖不是戀愛結婚，卻在相敬如賓中，有著適度的幽默情趣，更覺恩愛。

一九七〇年前，博愛路國際電化大樓未改建前，在住家兼辦公室的樓梯間，經常擺置有一盆花，公公會跟來訪的客人說：「這是董娘插的，她最近在學插花。」

可是婆婆卻偷偷告訴我：「當時我並不是去學插花，我是去學跳國標舞。夫妻之間呀，要用腦筋，不能傻傻的、直直的什麼都說出來。插花不難，看畫冊研究一下大概就會了。但我們做的是海外生意，有許多社交場合需要跳交際舞，不會跳舞的人，就只好幫人家端茶遞水。所以我才去學交際舞。」

但要婆婆對公公開口，說她要去學跳舞，好像很不好意思，聰明的她就想到「以插花代替跳舞」的理由。婆婆以她的聰慧靈巧和美感天分，不但學會了舞蹈的國際禮節，也自學插花，真是一舉兩得。

阿嬤的話

〔夫妻相和合，琴瑟與笙簧。〕

妻子必須幫助丈夫的事業

一九七〇～八六年間，洪家四代同堂住在淡水老家，那是洪建全

先生事業鼎盛、最是風光的時代。老先生是一位顧家的男人，常從日本帶回新奇的禮物給一家大小。日本神戶牛肉很好吃，他就常帶回來煮壽喜燒給家人吃，或是買櫥窗裡的洋裝給我婆婆，有時我也賺到一、兩件。

在日本，煮壽喜燒是男主人的事；但在洪家，每逢吃壽喜燒的那晚，餐桌上除了家常菜色外，一定會擺兩個鍋子，公公與婆婆各煮一鍋，兩人的用料步

四代同堂其樂融融，在淡水宅邸歡度聖誕節。（簡靜惠 提供）

縣各不相同，宛如上演「料理東西軍」，各誇自己煮的最好吃。我們這一群兒女、媳婦、孫兒女在一旁吆喝打氣，然後這鍋吃吃、那鍋嚐嚐，開心得不得了。

兩人會問：「哪個人煮得好？」大家拍手說：「都好吃！」要不就唱〈天黑黑〉：「阿公要煮鹹，阿嬤要煮淡，兩人相打弄破鼎、弄破鼎……」打混過去。好吃不好吃，真的是難分高下，但兩人逗趣地表現出互不相讓的競爭，也為家人展示了夫妻之間平等互愛的和樂氣氛。他們之間的互動，是一種用智鬥慧的自然，背後蘊含著濃濃的愛與尊敬。

公公雖然生長在重男輕女的傳統社會，卻相當敬重女性。婆婆也展現出女性的典範，在先生創業階段扮演重要的推手，也是事業經營的左右手。在那個保守的年代裡，證明妻子是有能力幫助先生事業的，也突破了「女人無才便是德」的傳統束縛。

此後，公公宣告了洪家的家風：「妻子必須幫助丈夫的事業。妳們的婆婆就是這樣幫助我，成就了今天的國際牌。」

阿嬤的話

妻賢夫禍少，子孝父心寬。

圓融處理家務事

在商場上打拚的男人，因為工作壓力大，時常會相約上酒家應酬一下。平日拘謹的男人，來到酒家後較為放鬆；在酒家上班的女人也深諳男人心理，懂得如何讓他們卸下心防。聰明的男人知道那不過是逢場作戲，老實的男人便容易掉入粉紅陷阱中。

當時的台灣社會，男女並不平等，女性意識還不高，男人擁有三妻四妾是被默許的。早期一些企業大老闆除了原配外，還有二房、三房，算是很平常的事，像我公公只有一個妻子的反而並不多見。

我們都很好奇：「早年公公有沒有風流韻事呀？」

婆婆說：「不知道耶！夫妻之間不要亂猜想，麥去信伊沒，也麥攏相信。要知道自己先生的個性。恁爸爸小面神（害羞），人前人後要顧全他的面子。尤其在員工面前要有董事長的樣子，我都很小心維護他的尊嚴。」

婆婆說得輕鬆自然，其實她很了解自己的先生，是個有強烈自尊心、事業心的人，所以在很多事情的處理上，婆婆都會替他保留顏面。我相信，可能有也可能沒有，人與人之間的關係本來就很微妙複雜，但因婆婆的宅心寬厚、透剔人性、將心比心、對人尊重，才能擁有圓熟的溝通技巧，化解生活中的諸多困擾與問題。凡事圓滿，這是婆婆的智慧，也是她的人生原則。

我常看到很多女性喜歡在外人面前數落先生、批評先生的不是，這是十分不智的行為。越是否定他，他就越容易做出負面的事。婆婆的睿智比起婚姻諮商顧問，更能維持夫妻感情與穩實婚姻。

∞

靜惠的話

夫妻相處要誠信，彈性地適應不同的階段。

從小不怕權威，有翁姑緣

小時候，我的母親身體不好，我差點被送去當養女，是父親捨不得，又把我抱回來，所以他特別疼愛我。我在父親面前很自在，能暢所欲言地表達自己的想法，養成了我自信又獨立的個性。

父親對我們的教育是很嚴格的，他要求子女必須對鄰居、員工一視同仁，做事要有始有終。當年我們家在中和枋寮街上開雜貨店，每天開門營業後，鄰居們自由進進出出，他們一進門，我們一定要立刻站起來打招呼，不得失禮。家裡用餐都是長輩父兄及

一九七六年結婚十週年時攝於淡水老家。（王信 攝影；簡靜惠 提供）

員工先吃，之後才輪到我們吃，且每樣東西都要吃完，喝水也一樣，不得留一粒一滴。這養成我們惜物愛物的生活習慣，也成為我日後價值觀的根源。

父親因材施教，對我們姐妹兄弟有不同的期待與要求。我的姐妹、弟弟們都說：「爸爸偏愛你！」的確，我與父親的感情特別好。小時候我自認長得很醜，因而有些自閉自卑，但來自父親的肯定，建立了我的自信，也形成我不怕權威的爽朗個性。

嫁入洪家後，我受到公婆的看重，能力被肯定且寄予厚望，我想，這都源自父親以愛填滿了我的心，讓我很得長輩喜愛，擁有所謂的「翁姑緣」。當年我在美國讀書的鄰居 Mrs. Gaibel 也是我的忘年交；我陪婆婆參加她的十二姐妹會，這些阿姨們也特別喜歡我。

但這些優點不見得能讓一切順遂。如今想來，我會讀書、得公婆寵愛、受社會肯定，也形成了我年輕氣盛且自命不凡。公婆過度地看重我，其中含有把對長子的期望也加在我身上，或多或少影響到我與敏隆之間的婚姻關係有些緊張。

靜惠的話

我先生最遵守時間了，他說幾點回來就幾點，不會錯的。

勿自尋煩惱，多歷練多見識

敏隆的個性溫和敦厚，善良可親，人緣極好，跟我婆婆很像。他喜歡文學，早年愛讀《野風》雜誌，寫詩投稿，還說要當詩人。但他是長子，回台灣後立刻上任國際電化公司總經理，揹負著家族企業傳承的責任與他自己內在的壓力，日子過得很辛苦。有一年，與我大學時候的朋友相約到美國海邊度假，他每天穿汗衫短褲，大家輪流煮飯，生活好不自由。他十分開心，甚至說：「我不要當總經理了！我要留在美國，開計程車都好……」

剛結婚的那一陣子，我還不太了解他，我是新派人卻以舊派的相親方式結婚，雖說有點衝動，但我有心經營好我的婚姻。還好，我們兩家的家庭背景相似，我和他性情也相近，不會有太多的不適應，我們是在婚後才開始熟識相知而漸入佳境。

進入洪家這個大家庭，加上兩個孩子接連而來，我是妻子、是洪家長媳、是母親，也是財務經理，身分多重，每一個角色都重要。我的個性積極，每個角色都很努力去做好。但我自認「妻子」的角色做得不夠好，我常想，如果讓我重新來過，我會把「妻子」當做第一優先。

敏隆與他父親一樣，也很肯定我的能力，尊重我的專業。他雖留學日本，但沒有一般男性的大男人作風，認為太太只要侍候好先生就可以了，反而常以我的成就為榮。一九七八年間，我得到十大傑出女青年的殊榮，他為我大宴賓客，牛怕人家不知道此事。一般台灣的男性不太能忍受「太太是個有能力會做事的人」，何況還大出風頭，但他是真的為我高興、以我為榮。這件事讓我深深感受到敏隆的大器與寬廣胸懷，內心對他著實有著一份尊敬。

一九八四年六月與敏隆同遊日本箱根、熱海。（簡靜惠 提供）

台灣的生意人應酬很多，初時我不太能忍受他的生活型態。那時我們住在淡水老家，四代同堂很熱鬧，但交通不方便，敏隆因此很少回家吃晚飯。漸漸地，我了解到他的壓力很大，一部分純然是他自己的感受，一部分是他不喜大家庭的紛雜氣氛。後來我順從他的意思，在台北市區另建小家庭，週末才回家陪公公婆婆，兩人的生活漸有改善。

我們夫妻之間偶爾也有些小磨擦，因為跟婆婆住在一起又是同一間辦公室，有時我也會向婆婆訴苦。記得有一次好像是車子拋錨，敏隆打電話要我來幫忙處理，到現場時，赫然發現還有兩位女性也在場，我氣得不得了，回去就跟婆婆告狀。我記得她說：「恁爸爸嘛是同款（也是這樣）。」這句話使我心情一下子輕鬆起來，感覺不那麼孤單，至少有人了解我！

婆婆又說：「夫妻之間，凡事不要太相信，但也不要去懷疑。」這句話寓意深長，讓我思考許久。不要自尋煩惱，但也不要當傻瓜被騙了還不知道。人生本來就充滿了弔詭與矛盾，多歷練才能多長見識，但多難呀！

夫妻相處是門大學問，我有幸常年陪在婆婆身旁，近身觀察學習且獲益良多，感謝我的婆婆將她的歷練和見識傳承給我，讓我得以安然度過多次的婚姻危機。我是一個務實的人，我不怕問題，碰到問題我會先充分了解，而後積極勇敢地面對。

敏隆重病那幾年，我警覺時日無多，便放下一切外務，辭退傭人，不僅陪伴，生活起居也親自照料。兩人相依相伴進出醫院，有幾次還遠赴日本治病，那是一段艱苦卻也甜蜜的日子。敏隆走後，我把無限的哀痛化為文字，編寫《高飛不逐群：洪敏隆的人與文》一書（洪建全基金會一九九一年出版），如今想來，雖有無限的惆悵與懷念，但內心是溫馨圓滿的。

第三堂
婆媳之間靠尊重與欣賞

靈鳳飛進來，鷓鴣飛出去。

阿嬤的話

〔靈鳳飛進來，鵪鴣飛出去。〕

一九七〇年代，洪家在淡水的大房子蓋好後，全家搬進去住，接著十幾年間都是四代同堂的大家庭，洪建全老先生夫婦、我們四房媳婦，加上祖母、姑姑、傭人等都住在一起。老先生喜歡熱鬧，把自己的住家當做公司的招待所，同事偶爾也來這兒開會，來來往往的人很多，熱鬧卻也有點複雜。

身為媳婦的我們，依著洪家的家訓：進入家族企業，協助先生顧事業，每天上班早出晚歸，所以每一房都請有幫傭。大家庭裡人多嘴雜，我的婆婆深知其中道理，每有親戚或傭人在背後耳語批評，她從不置喙，也不公開講任何媳婦的不是，當然也不聽信這些小報告。

我剛回台灣時，親戚爭著來家裡看我的兒子裕鈞，有些阿姨會偷偷拉開抽屜和衣櫃，暗中觀察我的生活起居，還會向我婆婆打小報告：「妳這個媳婦只會讀書，好像不太會整理內務，抽屜都亂亂的……」

婆婆會替我打圓場，說：「我的媳婦們都是她們家裡教好了嫁過來的……」哇，此話一出，那些三姑六婆便不敢再講話了。但這也讓我頓時警覺，婆婆不講話，不表示我就可以任意而為，於是更自警惕，不敢在生活細節上疏忽怠慢，內心對婆婆更添了份敬意。

阿嬤的話

莫把真心空計較，
兒孫自有兒孫福。

媳婦都是家裡教好嫁過來的

家族大合照。三代婆媳相處，需智慧與包容。（簡靜惠提供）

愛惠是我的二弟妹，當年為了準備出國結婚，最早住進洪家，她親眼目睹婆婆幫忙公司業務外，還得打理一大家子的吃、住、生活、教育等等，處處面面俱到。她在《國際牌阿媽的故事》書跋寫道：「婆婆是一位很認真、很整潔的人，不管任何場所，她總是穿戴整齊、笑臉迎人，在與她臥房只有一步之隔的辦公室裡，也一定穿著整套套裝與鞋子。旅行的時候，不管登山或下海，婆婆絕對是兩件式裙裝、兩吋高跟皮鞋。」

小華是我的三弟妹，成長背景與一般台灣家庭不太相同，走入慈濟後更是一心向佛、步步蓮花。我婆婆對待小華，多了份疼惜憐愛，也信任小華的美感，最愛穿小華買給她的衣物，常向親友誇示：「這鞋很貴的，是小華送我的。」有一年冬天很冷，外出時，她也只戴小華替她買的紫色帽子。我相信，這是小華深深體會到婆婆的喜好，發自內心「愛婆婆如同自己的母親」。

四弟妹美雲，是唯一沒到家族企業上班的媳婦，因為四弟敏泰不同意，我的公婆也諒解。婆婆晚年對美雲有份同情疼愛，其實這是婆婆對每房媳婦的一貫態度，每當夫妻有磨擦時，她都是站在媳婦這一邊，不會一味地偏袒自己兒子。

四房媳婦各有不同的個性與生活方式，但婆婆與我們相處卻是和諧自在。婆婆晚年時，除了美雲在美國，我們三妯娌在婆婆跟前往來自然得宜，這是因為婆婆公正不偏、仁慈厚道的長者風範，讓我們打從心底尊敬佩服。

阿嬤的話

凡事往好處想。

不計前嫌，寬容相待

很多人說我的公婆對我偏愛，可能是因為我與他們相處較久，深知習性。我們都是中和鄉人、中和國小校友，也是親戚，相談有話題。我娘家的媽媽與我婆婆是表姐妹，結婚前我稱婆婆為「阿姨」，很親的。我媽媽曾說：「我們十八歲就認識了，妳婆婆住中和，我住萬華，中間隔了個淡水河。結婚前我常拿塊布料，早上到她那兒去，一邊聊天一邊做衣服，天黑該回家了，衣服也做好了。」

這對老姐妹把我與敏隆湊成夫妻，對她們來說，應該是很得意的一件事吧！我也常用「我的兩個媽媽」為題材寫文章，大家都很羨慕我可以同時孝順兩個媽媽。

我曾問我婆婆，她的婆婆以前待她如何？她說：「妳阿嬤呀，伊沒疼我，嘛沒怨我。」台語的「怨」，不是具有「怨恨」那麼強烈的情緒，而是一種幽微的感覺，是生活細節上的不相容，彼此之間沒緣分，對很多事情看不順眼的感覺。

她用淡淡的口吻述說她與婆婆的關係，更可看出她的寬容氣度。因為我知道，敏隆的阿嬤因為當年我公公沒有娶她認可的童養媳，對我的婆婆並不友善，常給她臉色看。婆婆說過，以前洪家還在衡陽路時（草創時期），她一個人既要看顧店面，又要帶孩子，還得煮三餐，非常忙碌。她的婆婆一直把她當外人，不喜歡跟她共處一室。她說：「每當我進廚房，她就帶著小姑到外面；我到店面，她就到裡面，反正不碰面就是了……」

我的兩個媽媽時常一起出遊。她們也是彼此相知相惜的表姐妹。（簡靜惠 提供）

幸好公公與她二人同心，彼此了解，忙著為事業打拚，孩子又一個接一個出生，也無暇顧及婆婆對她的態度了。

當洪家的事業逐漸發達後，我婆婆的地位也跟著提高，等搬到博愛路時，她已是主掌家中一切的女主人了。婆婆有「手頭」（台語的手頭指的不只是錢，還帶有居家做主的意思）後，她不計前嫌也不吝惜，常把她的婆婆打扮得光鮮亮麗的，人前人後的尊崇她，從不提過往的是非恩怨，賢慧聲名傳於親友鄰里間。

陪伴與了解是最大的安慰

婆婆雖然不被她的婆婆疼愛，但她沒有把這樣的不滿投射在自己與媳婦的關係上，對我們這些媳婦都相當尊重。我帶著孩子剛回國時，養育小孩我是生手，當時美國流行的教養書（Dr. Spock 寫的）我們奉為聖旨，我的婆婆也從不插手我們帶小孩的方式。

後來二房敏弘、愛惠也帶著孩子從美國回來，老三、老四也陸續結婚，我內心裡暗自發誓：絕不在大家庭裡惹出妯娌不和的問題，要好好相處，讓公婆安心。四十多年來，我們四妯娌間果真相安無事，即使後來兄弟間發生一些不愉快，我們也不受影響。

有些婆婆會干涉媳婦的婚姻生活、子女教養，但她從不主動介入，卻會適時伸出援手。早年我曾患關節炎，但我愛打高爾夫球，醫生也說可以打，但恢復期間他建議先從打三洞開始，再慢慢增加到六洞、九洞。可是愛打球的人，誰願意去一趟只打九洞，更何況是三洞或六洞！婆婆卻很貼心地陪我去較近的遠東高爾夫球場，真的從只打三洞開始。

我婆婆從年輕時就跟著公公打高爾夫球，當年青年公園裡還有球場，婆婆一大早去打九洞，下午再去打一場完整的十八洞，她的短切桿和推桿都很棒。那時我們都是職業婦女，我還得上兩個班（公司與基金會），又要照顧小孩。但我們真的太愛打了，有時我

會偷偷地與婆婆相約出去打球，回來後兩人都不敢講。等到吃晚飯時，我看到公公對著我們笑，就知道一定是婆婆忍不住向董事長打小報告了，我也就被公公叨唸了一番。這種婆媳之間互相掩護的舉動，現在回想起來仍覺有趣。

婆婆一向是處之泰然的個性，她總會適時地幫助我們，而不是熱絡地來問妳需要什麼幫助。我跟敏隆之間偶有不愉快的時候，我會去跟婆婆告狀，她總是安慰我說：「恁爸爸嘛是安呢！」

她不會跟著我一起責備或抱怨，或分析誰對誰錯，而是用同理心來感同身受，站在我的立場，了解我的委屈。我聽了之後，心裡真的覺得好過多了，不是只有我在忍受，因為她也忍受過。婆婆沒有讀過心理學，沒有上過心靈成長課，卻自然生出這般體貼人心的能力。

記得有一次我剛學會開車，從台北回淡水的路上發生小車禍，因

婆媳倆最愛的運動：高爾夫球。（簡靜惠 提供）

路燈不明而把電線桿撞斷了，人雖然沒受傷，卻著實受到驚嚇。第二天我驚魂未定，想到「恩主公廟」（行天宮）去收驚，但敏隆有公事外出不能陪我去，心裡正感委屈時，婆婆突然說：「走，我陪妳去收驚。」回來後心情果然篤定多了。是「收驚」有效，還是有人陪伴在身邊並理解有效？我想兩者都有吧！

阿嬤的話

彼此有空間，分開住比較會親近。

「磨壁雙面光」，愛女兒更重媳婦

婆婆對待四個媳婦和兩個女兒完全是一視同仁的，對女兒甚至還較為苛求些。大多數的婆婆都比較苛待媳婦、偏心女兒，認為媳婦是外人。但她卻常說：「我們家是『靈鳳飛進來，鶺鴒飛出去』。」也就是說，娶進門的媳婦比嫁出去的女兒優秀、美好，讓我們這些做媳婦的真是愧不敢當，不敢不謹言慎行。其實會聽「話意」的人一定知道，不是洪家的女兒不完美，而是這位母親十分「顧謙」（謙虛）又「智慧」。真可謂「磨壁雙面光」，是面面俱到的又一應證。

婆婆非常清楚與每個媳婦相處的界線。當我們的孩子漸漸長大、一一出國念書，每一房也陸續搬離淡水老家、各自獨立後，都曾邀請婆婆一起同住，卻都被她婉拒。她的理由是：「我一個人住，比較自由，大家來探望我也方便些。」這是她的理性與體恤，展現了她獨立自主的形象。

阿嬤七十六歲時因腦瘤開刀，從此人生態度有了轉變，變得比較開朗、愛講話，也比較喜歡跟兒孫外出遊玩。除了堅持自己住之外，永遠是以真誠的燦爛笑容，對我們的邀請都說：「好！」

∞

靜惠的話

〔對待婆婆或媳婦如同自己的媽媽或女兒，但不要求她們對待我如同我對她們一樣。〕

會用錢的媳婦

我很幸運嫁入洪家，公婆明理又體恤晚輩，先生敏隆尊重女性，沒有「大男人作風」。我和婆婆不但沒有「婆媳問題」，反而得婆婆之助，度過許多人生難關。

那時我同時擔任基金會執行長和家族企業財務經理的工作，往往是上午在公司（博愛路）上班，下午到基金會（當時在中華路一段）工作；上午是追業績、忙開會，下午是提企劃、服務社會。朋友常看到我在博愛路與中華路之間趕路，也被一些媒體笑稱：「這個媳婦上午在公司賺錢，下午到基金會用錢，真是個會花錢的媳婦。」

洪建全基金會四十年來的出版品，堆疊成一棵大樹，散播「善念的種籽」。

還好，我不是把錢花在自己身上，而是想盡辦法用到「對社會有益的事情」上。我的公婆也十分贊同基金會的各種計畫，所以我也就一直「花錢」下去，到今年（二〇一二）也花了四十年了。

在公婆的信任與關愛下，我很稱職地扮演媳婦的角色。以前逢年過節裡裡外外的打點，洪家老三、老四和小姑的婚禮，都是我幫忙籌辦的。如今我自己也當婆婆了，我的媳婦淑征也是一位具有專業能力的現代女性，有自己的生涯發展。我很高興的是，她與我兒子有共同的興趣，相愛相敬，互相扶持。我常提醒他們：雖然各自有工作，但一定要有夫妻共處的時間，保有生活品質，不要被工作困住。

我和婆婆的關係是較為傳統的、如同母女般的尊重；我與媳婦則是現代的、如同朋友般的關係，有時我還從她身上學到新的觀念與時潮。

我也堅持不要與兒女住在一起，保持彼此的自由與獨立，但還是維持逢年過節回到我的住處，做祭拜祖先的儀式。淑征是基督教徒，我不勉強她一定要拿香跟拜，剛開始淑征會站在一旁陪著鞠躬，後來她也主動拿香一起祭拜神明祖先了。

我的兒子三十五歲才結婚，之前我們一直期待他早點完婚。有一天他跑來對我說：「如果妳可以答應我們，結婚時不鋪張、不辦桌大宴賓客，我就結婚。」

我心想，這還不簡單，當然欣然同意。我婆婆也非常明理地支持。我跟兒子說：「你可以不辦桌公開宴客，但對家族的親人長輩仍需尊重，對女方家人也不得失禮，畢竟人家把女兒養育到這麼大，嫁到我們家裡來，不能委屈了她。」

兒子媳婦都是有主張的人，他們很清楚婚姻是自己的事，要如何共度一生也是他們自己決定。我們把預備的結婚禮金捐給世界展望會，在台北只宴請親友五十多人，我與婆婆也去加拿大為淑征辦了婚禮祝福。

靜惠的話

要在心裡不斷提醒自己：
要有互相尊重、互相欣賞的心情與空間，
彼此建立互信，然後真誠地相處。

用欣賞的角度，像朋友般跟兒媳相處

人與人的相處本來就是很難的，跟兒女、媳婦之間也是一樣，我深知其中的分際：不可視為理所當然，不要侷限在自己是長輩的框架中，但也不能失去輩分的分際。

我尊重兒子媳婦，也會去發掘可以互相配合的方式並找到樂趣。淑征很會燒菜，我會人前人後地誇獎、肯定她；她也乖巧地發展一些婆媳相處的模式，比如每年我過生日時，她會邀請一、兩位我的好朋友到他們家去，她親自做菜讓大家品嚐她的手藝及美意；她也會在過年前親自燒菜請同事吃，展現現代的企業僱傭關係。

用欣賞的角度，像朋友一般的跟他們相處。我因興趣廣泛，日子過得忙碌有樂趣，讓兒女、媳婦不必為陪伴我而操心；而我與他們如朋友般的感情，從他們身上看見自己，也學習新知識、新觀念，讓我的生活時有新意。

我從婆婆身上學到，用最素直、最自然的態度待人，處處體諒，理性與感性兼具。我不喜歡以長輩之姿去對待晚輩。以平等、尊重的心態相處，是一件很快樂的事，彼此沒有負擔，輕鬆自在。人只有在自由自在的狀態下，情感與能力才可以發揮到極致。

第四堂

教育子女有寬廣的心與視野

眉先生，鬚後生，

先生不及後生長，後浪推前浪。

阿嬤的話

〔眉先生，鬚後生，先生不及後生長，後浪推前浪。〕

「『做公益』是家傳也是承諾。」這是洪敏弘在獲頒「國家公益獎」時發表的感言。在婆婆的四個兒子中，敏弘是最不讓父母操心的一個。他從小功課好、守規矩，對弟妹很照顧，也最能體會父母的用心。

那時的洪家生意繁忙，婆婆要顧生意、顧家，還得養育子女，一支蠟燭多頭燒，但婆婆用了好方法：把孩子的同學一起找來家裡，請家庭老師來補習，讀書有伴又有效率。

當一個人的心量大，凡事不只為自己的利益著想時，收到的效果反而更大。這樣的氣度影響所及，日後基金會成立、洪家兄妹走向宗教慈善、關注社會公益，確實其來有自。

阿嬤的話

疼骨不疼皮，
該教的時候就要教。

媽媽疼骨不疼皮

三弟敏昌常說自己小時候很皮，挨媽媽的打最多。去年（二〇一〇）婆婆生病住院，看到幾個兒子圍在床邊，還說：「這個兒子小時候被我打最多，現在最孝順。」真的，我的小叔們個個孝順。老四敏泰每次來到媽媽跟前，不會講什麼話，就只默默坐著，但我想，他們母子的心是相通的。

婆婆管教孩子的嚴厲是眾所共知的，洪家兄弟間一直傳著一句話：「我們家是嚴母慈父，媽媽疼骨不疼皮。」沒有一個孩子沒被打過。這也是洪家的孩子生活雖然富裕，長大後卻沒有奢侈惡習的原因。

敏昌記得，當年父母親逼他出國進修，對他說：「雖然你年紀不小了，但若再花幾年念書，會更上層樓，也將影響你未來的數十年。絕對值得！」這種眼光放遠、投資教育的想法，讓我深深感動。

那時敏昌已結婚，大女兒茹茹那時才兩歲吧，公婆要他出國念書，還自願幫他們帶小孩，茹茹晚上跟著阿公阿嬤睡，白天就跟堂哥堂姐們一起玩。早上阿公阿嬤要從淡水到台北上班，茹茹哭著想跟去，阿公會抱她坐車在院子繞一圈到門口，就說：「小台北到了。」竟然也哄住了她。幾年前（二〇〇七）淡水老家拆建時，茹茹給了我許多當年「小台北」的照片，一定也蘊含了許多她的記憶與意義。

四弟敏泰的成長階段，正是洪家生意繁忙、無暇嚴管的時候。敏泰因此有較大的空間與自由，他是四個兒子中最聰明、花樣最多、最讓父母操心的一個。他是建中橄欖球校隊，迷熱門音樂又自組樂隊，迷釣魚和高爾夫……從不在制式的社會框架裡。但敏泰從小對家電產品耳濡目染，既敏銳又有創見，在技術與設計上有超前一步的才華。一九八〇年代，敏泰成立電視品牌「普騰」（Proton），邀請德國知名工業設計師 Reinhold Weiss 來台灣當顧問。我兒子裕鈞（當年十一、二歲）說，他會對產品設計發生興趣，便是受 Reinhold Weiss 的影響，他說：「He showed me there is such a thing called industrial design.（這就是工業設計）」使他了解工業設計的真意。

阿嬤的話

隨在伊去吵，
吵完就好了。

維持家中和睦，給大家更好的空間與機會

我嫁入洪家前，曾是敏泰的高中（建國中學）老師，小姑及老三、老四的嫁娶，我都躬逢其盛，歷經家族生活的百態。有人認為大

阿嬤年紀大了，出門時，她要「緊握」住我們的手！

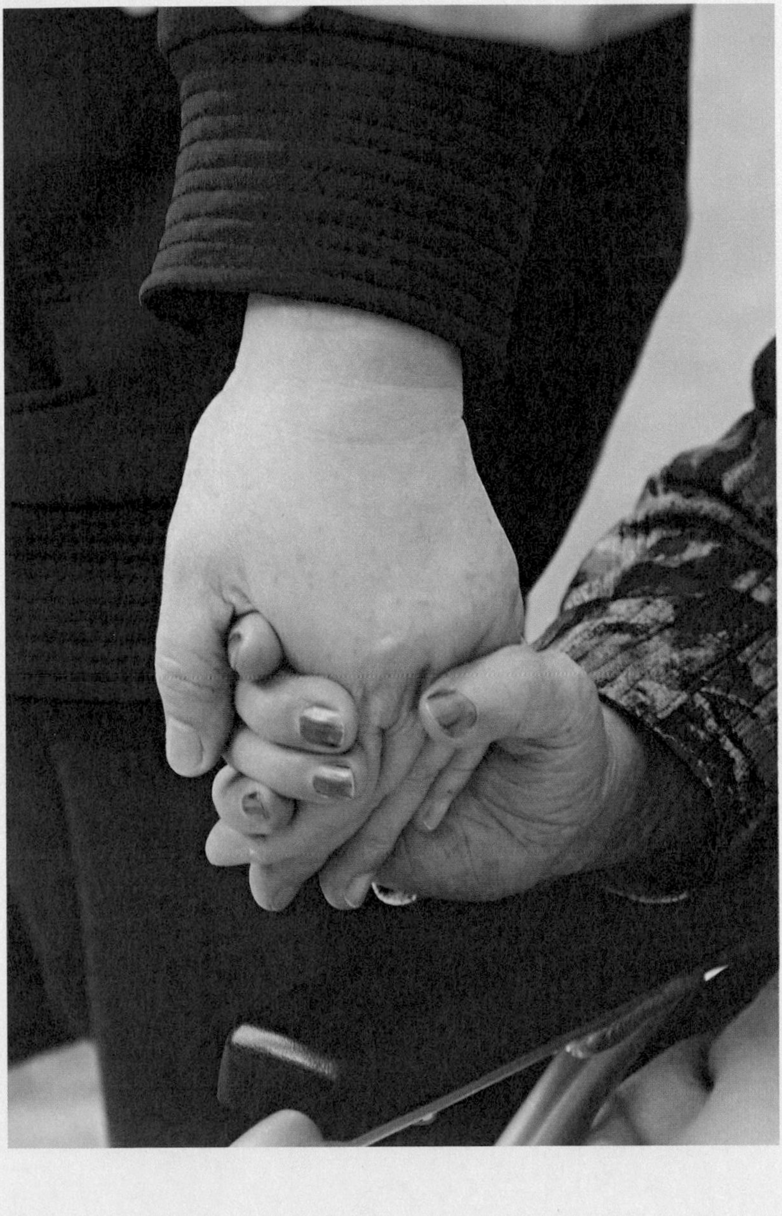

家族裡成員多，事業規模不小，人際關係複雜，身處其中應該很辛苦。我並沒有這樣的感覺，我適應得很好。基本上洪家父母本性善良，懂得珍惜白手起家的事業，沒讓孩子養成驕縱的個性。我自己熱愛追求的不是外顯的權勢物慾，而是回饋社會的文化公益，心境很坦然自如，而家族成員也在公婆的身教中，維持和睦氣氛。

在職場上，因為立場不同、工作職掌不同，兄弟之間有爭執是在所難免的，嚴重時可能在辦公室拍桌瞪眼、大呼小叫，但回到家裡，大家仍然可以和平相處。

是婆婆的態度穩住一切，她總是不動聲色，以不變應萬變，冷靜公平地看待每一個孩子及每一件事情。她不會偏袒哪一個孩子，也不會直接明白地說出自己的看法，但就是讓你覺得：「應該這麼做才對！」這要靠自己的慧根，以及耳濡目染下發展出來的敏感度吧。

我從未看過婆婆大聲講話罵人，她以身教來表示她的立場。在她秉持的原則下，兒子們雖然仍有一些糾紛，但逢年過節的家族聚會，儘管場面不太熱絡、氣氛有點尷尬，因為有阿嬷在，在阿嬷面前要有一定的樣子，於是所有子女不敢造次，依然在相聚時展現和睦。

婆婆從不介入兒子們的爭吵，不批判也不多言，別人問她如何處理這些紛擾，她總是回答：「隨在伊去吵，吵完就好了。」這種「不撕破臉，保持面子上的和諧，以後還要再見面，可以重新開始，有機會再多了解」的態度，雖非溝通的最佳示範，卻是婆婆維持家中和睦的法寶。

記得那時常來家裡的親戚，有時不明白婆婆的作風，會批評說：「怎麼不叫來罵罵。」當時我也覺得應該要這樣。但經過這麼多年，才知婆婆的用心良苦，她忍住了，也因此留給大家更好的、更有可能的空間與機會。

阿嬤的話

〔風光面就像浪花，
平凡面卻是激起浪花的廣大海水。〕

實實在在過人生

婆婆的個性比較嚴肅拘謹、婉約內斂，她的所思所想，大家不一定知道。直到七十六歲時動了那場腦部手術，她才開始變得開朗、愛說話，尤其喜歡「講過去的事」、「講好的事」。她是一位深沉有智慧、受到兒女媳婦及大家喜愛的快樂老人典範。

有很多朋友說：「那個年代（台灣光復前後）的女性，很多都有如阿嬤般艱辛的過去，只有你們洪家的阿嬤最可愛，最值得欽佩。」

婆婆幼時的困苦，養成她堅忍的毅力，但她的內心卻一點也不悲苦，因為她的心境寬廣平和。她公平正直、同情弱小、自律甚嚴、

勤勉、寬厚，是阿嬤的名字，也是阿嬤的處世智慧。

待人寬厚。她深知「家和萬事興」，寧願自己委屈也不佔人便宜。她在家庭中實踐這些信念，從她口中不一定能說出什麼大道理，但她謹守著自己的本分，「一絲不亂」地站定腳步，實實在在地過人生。

敏隆是長子，自幼承擔了父母的重望與期待，但經商做生意卻不是他的本願與才華所在。他的內心溫柔敦厚，寬廣正直，這種性格很難在複雜的商業競爭中被看到價值。比如談判時，他不會只顧自己的立場，而是看較遠的大眾利益，卻不一定是我方所願，甚至對方也不一定能了解。

敏隆期望的是整體社會的幸福，其實已接近文化層面的思考，但身為長子又是企業老闆，並不一定能如願。他的內在氣質與母親很相似，有著悲天憫人的胸懷，遇事想得多、想得深、想得遠，但碰到困境時就不如婆婆堅毅。婆婆小時候吃過太多苦，個性比較勇敢；而敏隆的成長過程順利，少有機會受磨練，當諸多紛擾危機迎面而來，他沒有足夠的時間累積信心，於是面對壓力時便不勝負荷，容易受挫。

有句話說：「千金難買少年貧。」小時的貧賤，正是建立自我能力的契機。又如日本名作家曾野綾子，幼時受母親百般呵護，直到經歷戰爭的苦難，不斷自省後，才能透剔人生，活出自在。

∞

靜惠的話

〔讓孩子從小學習自己做決定。做決定需要練習，從選擇題開始，自己決定自己負責。〕

愛自己的孩子，也愛社會的孩子

我有一子一女，老大裕鈞在美國出生，女兒丁倫生在台灣，正是

洪建全基金會成立的那一年（一九七一），有人笑說基金會也是我的「社會的孩子」。我從年輕時就喜歡當孩子王，早年差點進師

與兒女在淡水老家前合影。從小我就讓孩子學習自己做決定。（簡靜惠 提供）

範學校以老師為業，有了孩子後，十分疼愛也用心教養。不論怎麼忙，孩子永遠排第一，敏隆對待孩子也是如此。

我很幸運在家族企業上班，可以在辦公室裡放著小桌椅，孩子下課後就來辦公室做功課，等我一起回家；而到基金會上班就更方便了，二樓的兒童閱覽室，就是他們的閱讀玩樂天地。因為身為母親，我感到當時台灣的兒童讀物缺乏本土作家作品，便在基金會創辦「洪建全兒童文學創作獎」，徵稿本土兒童文學創作，開啟台灣兒童文學的發展。這一道與社會接通的窗口，為社會開創文化工作，成就基金會的聲望。兒童文學獎尤其受我婆婆重視，每逢頒獎典禮，我都會邀請她與我的娘家媽媽一同出席頒獎。

之後，兒童讀物的出版在台灣非常蓬勃，形成一股風氣，培育許多人才。近年來，我時常用兒童繪本與婆婆共讀，沒想到當年的努力付出，如今自己受惠。

輸給自己的小孩很光榮

「自己做決定」，是我的孩子從小就要學習的。從決定幾點睡覺、穿哪件衣服，到壓歲錢怎麼用、暑假如何規劃、大學讀什麼、興趣與未來怎麼結合等等，都由他們自己做主。生活中的一連串問題，他們從小就得練習自己去面對，自己決定之後自己負責。這樣的訓練，養成他們獨立自主的個性。我的孩子在青少年時就想掙脫束縛、爭取自由，讓我頭痛，也讓我跟著他們成長，學習適應這些變化。

兒子裕鈞在高中時因無法忍受體制內的課程規範，經常蹺課逃學，而家族和企業間的無形壓力，也讓一個有創意的青少年無所適從。高中畢業前夕，有一回裕鈞與我鬧彆扭，離家兩天未歸，後來他爸爸接他回來，我們三人坐下來詳談。

我這才覺醒，我與子女之間對價值認知的不一樣。我雖有學教育的背景，想做的卻不一定能真正做出來。我雖說「你自己決定」，但免不了還是有社會的規範、父母角色的操控性在左右。

我的求學過程順遂，不太能體會男孩子想要掙脫規範「做自己」的叛逆心態；反倒敏隆細膩敏銳，他說他也有類似的心路歷程。

我心想，我這麼愛孩子，「以孩子為中心」不就是我常說想做的嗎？要孩子好，只有先改變自己，我是個只要想清楚，就可以立刻實踐的人。於是我當下決定：「改變自己的態度，從權威的母親角色改為配合的母親角色。」

但我要求裕鈞以完成高中學業為先，並找到自己的興趣為重點，做上大學的進修準備。在理性兼感性的溝通了解，以及家裡長久以來建立的感情基礎與默契，很快就讓裕鈞明白，並申請到羅德島大學工業設計系的入學許可。裕鈞十一、二歲時便受 Reinhold

在裕鈞的辦公室裡（愛比科技公司），他是總經理，我是董事長，但我「聽」他的！

Weiss 影響，對平面及工業設計有興趣，所以他選讀的並不是商業科系，而是當時還很冷門的工業設計。進入大學後的裕鈞，真正找到自己的所愛，全心投入學習。他的認真態度，讓全家人都覺得不可思議，好似換了一個人。畢業後，又進入加州的藝術學院進修。

這一段與兒子之間的角力，表面上我雖然認輸負敗下場，卻贏得兒子主動積極的人生主宰，有什麼比輸給自己的小孩更光榮的？

靜惠的話

父母不必站在孩子的前面，可以在一旁陪伴，隨著他們的成長變化立場，必要時也可以做個追隨者。

與孩子之間是相知與相依

因為有哥哥的前車之鑑，我的權威母親角色不見了，女兒于倫的青春期階段，我扮演的是陪伴的角色。她的成長過程比哥哥輕鬆，加上敏隆寵女兒，他會半夜出門接約會的女兒回家，還會跟女兒的朋友抽菸聊天，很自然地與年輕人打成一片。

女兒十八歲到美國讀大學時，敏隆已離開我們，她哥哥便如父親般的照顧她，兄妹情深，讓我很安心。她選讀心理系後，又攻讀哥倫比亞大學組織心理學碩士，後來發現自己喜歡舞蹈，在二十六歲時決定當一名專業舞者，但仍維持組織心理學的兼職顧問工作。這些過程說來簡單，卻是女兒人生中的掙扎抉擇。我身

兼父職，自覺在態度上的拿捏，需有著分寸的細微用心。其實我只本著一個原則：「只要女兒健康快樂，不危害社會，做什麼都好。」

與阿嬤、兒子、媳婦（左一）、女兒（右一）合影。婆婆是我安定的力量，與孩子則像相知相依的朋友。（簡靜惠 提供）

我尊重她的選擇，因為一旦孩子提出自己的想法時，做父母的很難阻止，只能先認同，讓孩子慢慢去想清楚。這樣，孩子可不必為了父母的反對而想盡辦法要說服對方，反而無法小心檢視自己的念頭是否正確。父母如不急著反對，反倒能讓他們靜下來思考更多。但也不能過度地鼓舞贊成，讓他們誤以為毫無阻礙而橫衝直闖。我尊重孩子的決定，但要他們自己多想想。

于倫說，她已有專長，四十歲前可以好好發揮她熱愛跳舞的才能，之後可走入幕後及發展她的另一專業。孩子都想得這麼清楚了，做母親的當然贊同且樂觀其成。

敏隆剛過世的那幾年，我常飛去美國與兒女們相聚散心，卻常跟他們有意見爭吵，鬧得不歡而散。我當然明白，我們都在度過人生中的低潮，只有在最親近的親人面前才可卸下心防，真情流露。這些年來，大家心情都漸漸平和了，每年安排的相聚變成一種儀式，也是一種期待，更是相依相伴的幸福泉源。

敏隆的早逝讓孩子們提早長大，我常對他們說：「你們都很努力認真，也有很多人跟你們一樣努力，但他們沒有如你們般的幸運，因為我們的資源較多。所以要常想到別人，多回饋給社會。」

多年來，他們開始參與基金會的「覓空間」設計與展演，也常與我一起關心「關愛之家」的愛滋兒童。今年裕鈞的女兒洪境出生，我們將喜悅與收到的祝福轉到偏遠地區的兒童閱讀上，響應「雲水列車行動圖書館」的募款捐書活動。

靜惠的話

〔給孩子寬廣自由的成長空間，養成自主、自律、自信的人生態度與公益關懷的價值觀。〕

讓孩子安心思考自己的未來

對於孩子的教育，我採取的是——要他們「提早規劃」，從小學時就是如此。前些日子我整理舊書時，看到當年兩個孩子的日記本和暑假作業簿，不禁偷偷好笑。在他們（小學一、二年級）所寫的日記中，充滿著不滿：「煩哦！又要我們寫暑假計畫才能有零用錢。」「我的媽媽愛叨唸又小氣，給我的零用錢太少了。」「剛上小二就問我以後要做什麼？」

兩個孩子到美國讀書後，我們常以傳真溝通（那時還沒有 Email）。我也在《工商時報》寫專欄，完成了一本《50～30的對話：來自工作母親的叮嚀》（洪建全基金會一九九五年出版），書中有許多我與孩子們意見交流的痕跡。

兒子在學業完成後，也面臨家族企業與個人專業之間的抉擇。我深知敏隆當年之苦，給裕鈞極大的空間自由，必要時才給予提醒及協助。在他從羅德島大學畢業、轉到加州藝術學院念平面設計時，我接受老同事林哲生先生的意見，建議裕鈞到日本松下實習一年，再決定未來工作的方向。這是一個過渡也是一項學習，每個人都有自己的意志與能力。回到台灣後，剛好是網路起飛的年代，也是工業設計被重視的時候，裕鈞決定不進家族企業，選擇進入 PChome 網路家庭，開創他網路周邊硬體設計的才能，培養足夠的實力開始創業，先後成立顛睿網路公司（AGENDA Co.）及愛比科技公司（IPEVO Co.）。

女兒的事業轉向及婚姻遭遇問題時，我支持她的情緒，讓她冷靜地做出正確的決定，安心思考自己的未來。我不會背負兒女們的生活或擔心他們的未來，只希望他們活得健康快樂。

多年來在洪家的大家庭裡生活，很感謝婆婆的明理寬容，她能理解家族間人際的複雜，遇到糾紛，永遠以理性公平的態度處理，不濫情也不偏私。她內心裡的沉靜與智慧，給了我及整個家族安定的力量，希望我也能如此。

第五堂

做人處事要心胸寬廣

每個人都很美，

人都有優點與缺點我只看優點。

阿嬤的話

每個人都很美，
人都有優點與缺點，我只看優點。

二〇一一年的春天來得特別晚，時序到了四月，還冷如寒冬。好不容易盼到大晴天，出了大太陽，我跟婆婆說：「我們喫飽來去枋寮（中和）走走！」

「去枋寮呀！甘有人認識我？」「有，有，有，很多人識你啦！大家都說妳是枋寮美人。」

一天下午，我帶著婆婆來到中和枋寮的老街，我把住在中和的弟弟、弟妹都找來一起作陪。到了福和宮、土地公廟，婆婆還記得不遠處有一間舊廟。這間舊廟有著很多人的記憶，當年我的父親也是在此長大，他很調皮，到這兒還玩亂吐甘蔗皮，被廟祝罵……這事是我婆婆跟我說的。這麼一件往事，不知阿嬤是否還依舊清晰？

住在老街幾十年的秀蘭與她的夫婿阿德哥也來了。秀蘭是當年建隆行的店員（最早期的員工之一），與婆婆情同母女，得自婆婆的關愛最多，如今她也八十多歲了。她說：「我十七歲來到台北，就跟在『董娘』身邊，從此改變我的一生。董娘教我許多待人處世的道理，也教我做家事、包粽子……當年我常看著董娘做紙型裁西服，我也學會了做衣服，男人的西服上衣我現在還會做呢！」

我們站在街口話家常、訴往事，陽光灑過來暖洋洋的，婆婆的臉頰紅撲撲的，眼睛瞇起，嘴角彎著笑開懷，看得出來，這個下午她真的很開心。

從照片回味阿嬤的少女時代。與好友合影，左一為游勉。（簡靜惠 提供）

回來後，我常跟她開玩笑說：「枋寮真好，我們都是枋寮美人哦！」阿嬤接著說：「枋寮查某水加笑，轉來賣某呼伊招（入贅）。」用台語唸很押韻，大家笑歪了。這麼風趣的語言表達，阿嬤彷彿回到了她的少女時候。

阿嬤的話

〔看到人要先伸出手與人打招呼。〕

視人如親，手要先伸出去

婆婆結婚後的生活，與童養媳那時截然不同。公公洪建全先生的生意越做越大，一九五三年與日本松下公司正式簽訂台灣總代理合約，創辦了台灣松下電器股份有限公司，「國際牌」（National）品牌遂風行台灣數十年。公公已是跨國公司的董事長，婆婆便順勢晉升為「董娘」（在公司大家都叫婆婆「董娘」）。她負責公司的帳務，與財務部門的同事感情很好。

當年，進入公司的女職員都要經過嚴格考試，資質程度佳，這是她們的第一份工作，做來特別賣力。婆婆對這群娘子軍特別照顧，她們對她也滿是孺慕之情。阿嬤九十歲時，我召集這群女職員回來玩，她們都記得婆婆的好。其中一人說：「我們若是加班晚了，董娘會炒飯給我們吃，她說我們正在發育，不能餓過頭。直到現在，我還記得炒飯的滋味。」

婆婆的體貼不止於此。與日本松下合作後，日本技師駐在員接連來到台灣，有時也住在我們家裡（那時公司與住家是連在一起的）。婆婆體恤他們離鄉背井，還特別去學做日本料理，有壽

阿嬤視人如親，同事就像家人一樣。阿嬤九十歲生日時，特邀昔日公司女同事回來歡聚。（簡靜惠 提供）

司、沙西米，也包粽子給他們吃。婆婆的烹飪技術和日語會話，就是這般磨練出來的。她用心照顧異鄉人，自己又學會做菜的好手藝，真是一舉兩得。

婆婆視人如親，對人一向尊重，沒有主僱上下間的隔閡。她的平易近人，也讓周圍的人，無論與她一起工作或生活，都感到自在心安。她說：「我們是老闆，家境比較好，看到人要先伸出手與人打招呼。」

阿嬤的話

知己知彼，
將心比心。

懂得欣賞他人的優點

四、五十年前，國際牌的電器生意非常好，全台灣有將近一千家的經銷商。那時位於博愛路的辦公大樓尚未改建，仍是「住辦合一」，而當時每一個經銷商也都像我們一樣，屬於家庭企業——住家與店鋪連在一起。老闆在外頭招攬生意、交際應酬，老闆娘的工作就是家事、會計、顧店面一手包辦，有時還得上台北總公司開會。

日本松下及海外合資公司的經營特色之一，就是極為重視每個經銷商的老闆娘角色。因為她們「主內」，是接觸客戶的第一線，也是能否做成交易的最關鍵角色。我婆婆待人親切有智慧，是經銷商老闆娘們的頭兒典範，她們若北上開會，總是來向她請益、話家常。每逢造訪，婆婆總會挑選品質最好的餐點和香醇的咖啡，盡心待客。喝咖啡在當年是個時髦玩意兒，她沖泡的咖啡特別好喝，「老闆娘們」都為之驚豔，而她自己的最高紀錄是一天喝了八杯咖啡。

婆婆今年已九十五歲了，每天仍要喝一杯咖啡，她也愛吃冰淇淋，這都是從那時養成的習慣。

我常看到這樣的場面：婆婆與這些南部或東部來的老闆娘們閒坐聊天，她大都笑瞇瞇的聽著，偶爾開口講話也都十分得宜。有一回，我聽到宜蘭德順的老闆娘誇口說自己包的粽子、煮的菜有多好吃，只見我婆婆聽得津津有味，還一再詢問細節，事實上她包粽子、做菜也很有一套，但她絕不搶話，也不爭鋒，總是含蓄地聽，欣賞他人的優點。

「好的放心頭，壞的放水流。」「知己知彼，將心比心。」是婆婆常掛在嘴裡的話，也如此這般的運用、實踐在生活中。

阿嬤的話

對人好是應該的，自己能省就省。

交友不論貴賤，沒有分別心

婆婆真是一位內外皆宜的女性典範。她能力好，家庭事業都處理得井井有條。先生和家人尊重她，員工愛戴她；她不僅跟她欣賞的人交往，也跟一些弱勢的人往來。她結拜的十二姐妹或親友中，有些人或因丈夫的事業做得沒那麼成功，或因個性軟弱沒自信，或因省籍不同被排擠，她們都會來找婆婆訴說心事。婆婆對人不分貧富貴賤，都會適度地安慰及接納，足見她內心寬厚與善體人意。

再如，婆婆從年輕時就跟著公公一起打高爾夫球，從二十多歲一直打到九十歲，是她一生中唯一也是最愛的運動。高爾夫在當時（一九六〇年代以後）被認為是企業家及夫人們的高級休閒運動與社交活動。球場上打球的人大多是達官顯要，然而一穿起運動服、比起球技，便很容易看到每個人內在的不同修養。有人改不了習

和煦的陽光灑在高爾夫球場上，阿嬤的笑容也溫暖著她生活周遭的每一個人。（簡靜惠 提供）

慣，放不下身段，對桿弟頤指氣使，或是好面子少算桿數而不誠實，或是打不好球卻摔桿怪別人。真應了婆婆常說的一句話：「人在內，聲在外。」（別以為外面的人不知道你在屋子裡做了什麼，你做的事都會傳到外面去。）

球場上的桿弟和服務人員清楚知道每個打球的人的真實性格。我也是喜愛高爾夫的一員，直到現在，每次去球場，仍會聽到那些桿弟們對兩老的讚美。

婆婆經常出入台北近郊的老淡水高爾夫球場，有一位李姓桿弟是我公公的忘年交，大屯球場的鳳珠是女更衣室管理員，也是婆婆的好朋友。每逢過年，婆婆都會叮嚀鳳珠，放假時要找一天來家裡玩，她會留魚翅和海參等好料給她吃。她說：「這些東西你們平常吃不到，我特別為妳留著。」讓鳳珠感動得不得了。

她與陽明山土雞城的阿芬感情也很好，常見她帶了大包小包的公

阿嬤最愛到陽明山阿芬的店吃土雞。大家為阿嬤歡喜慶生。（簡靜惠 提供）

司贈品送給阿芬，她說：「阿芬是我的朋友，她的土雞最好吃了，我去找我的朋友阿芬……」

每次我們找婆婆出去吃飯，她都說好遠哦。但如果反問她：「到陽明山阿芬那兒就不遠了？」她會說：「不遠，坐車一下子就到了。」可見她覺得人親，地方就近了。

阿芬對我婆婆的孺慕之情已超過母女，每次為她準備特別的菜單，都是阿嬤愛吃的古早味，上桌的雞肉也特別香嫩好吃。

飯後，阿嬤還會送每位客人一盒雞

肉做伴手禮，連司機都有份。婆婆的道理是有人有份，不因身分地位而有差別，而且婆婆認為阿芬的餐廳好吃又實惠，款待客人得體，又不會太浪費。她在阿芬的店裡就如同在家請客吃飯一樣自在，有面子又有裡子。

去年婆婆生病，有幾次陷入昏迷狀態，我不斷地在她耳邊說話，她小時候的事、早年的朋友、唱過的童謠和台語歌都出籠了。「上陽明山找阿芬吃土雞」這個話題，最能讓她記憶活絡。土雞的味道，親友歡聚溫暖愉悅的感覺，讓阿嬤的嘴角彎起，笑了。如今阿嬤好了，我們又常常上山去吃土雞。我真的相信，人間的善良美意可以喚起生之勇氣，快樂也可以治病的。

她與鴻翔布店的阿瑞也是好友。婆婆以前穿旗袍，後來改穿套裝衣裙，都是阿瑞幫她挑選布料，請師傅選樣式。每到季節更替時，我們會慫恿婆婆去做新衣，她會說：「我還有衣服，不用做新的了！」

我們就會說：「去啦，去剪布啦！你不去剪布，阿瑞做不到生意，她的業績會不好。」這樣才能打動她去布店剪布添置新裝。她總是為別人著想，連消費也是以照顧他人為前提。婆婆待人是出自真心與真情，以他人為先，自己放後面。

阿嬤的話

〔來說是非者，便是是非人，是非終日有，不聽自然無。〕

「不一樣的阿嬤」

那些年（一九七〇～一九八六年間）洪家四代同堂，同住淡水老家，婆婆上有高堂，下有四房媳婦，兒孫滿屋，公司業務鼎盛，家族事業正興旺。她是當家的女主人，責任繁重，但她的智慧，加上生活歷練透出的自信圓融，顯現出堅毅、內斂與不凡的氣質。名攝影師柯錫杰先生曾拍過一組照片，留下了那個時期的婆婆樣貌，除了常見的滿面笑容外，也有著炯炯目光與威嚴神態，其中有一張柯先生很喜歡，並命名為：「不一樣的阿嬤」。可是婆婆自己卻不喜歡，她說：「這張沒在笑，不好！要笑。笑笑，福氣就會來！」

阿嬤說：「笑笑，福氣就會來！」

婆婆笑起來的雙眼會瞇成一條線，非常迷人，有人說這是桃花眼，我先生敏隆也有類似的眼睛，他們母子其實很像的。小時候的成長環境，讓她不會對人說「不」，她的EQ很好，我很少看到她生氣，也從未見她與人「惡言相向」，永遠是一副氣定神閒、漾溢著笑容的模樣，讓人想靠近她，聽她說話。

她還會照顧一些離家來幫傭的人。當年沒有什麼外籍勞工，會出來幫傭的人，大都是家庭變故、夫妻失和、或子女眾多，來自中南部的女性。婆婆照顧她們如一家人，不但為她們解決金錢及疑難問題，也教她們如何用標會的方式存錢。她會先幫她們出頭會的錢，或每期幫她們湊合一些錢，這些錢在婆婆眼裡是小錢，卻是這些「歐巴桑」們在急用或生活時很大的依靠。

有時一些親戚故舊來拜訪，看到她新做好的衣服很漂亮而忍不住誇讚，每當她們說好看，婆婆就拿來送給喜歡的人。平常她也不太留東西，吃的不多，用度也很儉省，每次收到禮物，她自己不用，會再送給喜歡或需要的人。

但婆婆的「給」並不是盲目的亂給，她的心中自有一把尺，知道怎麼給最恰當，幾件衣服、簡單食物，當然可以大方的廣結善緣；但對待自己的親戚故舊，她會衡量親疏遠近，有計畫性地幫她們標會、買屋置產，事事處理得很周全。她用真心與智慧去幫助這些較弱勢的人，讓她們可以憑靠自己的勞力，又不會感覺被救濟，真的是分外體貼的細膩做法。

「千歲美女大餐」，珍惜目前所有

婆婆有一群感情深厚、超過五十幾年交情的結拜姐妹們，她們自稱十二朵花，卻被她們的先生們取笑為「十二朵圓仔花」（不起眼的小花）。

去年婆婆生病時，我推著她在院子裡散步，指著花說：「這是圓仔花……」婆婆很快接話：「圓仔花不知醜，大紅花醜不知。」（用台語唸）台語的順口溜很有意境，小花雖不起眼，但也有大剌剌的大紅花不知自己醜，真有意思。婆婆的口條很好，一出口即成韻，機智、傳神又有深意。

我從二〇〇七年起就陪婆婆參加每月一次的「十二姐妹會」，如今我已成為她們的一員，其實是幫她們做服務。這些阿姨們的年紀都已八十五歲以上，都是家世良好、受過高等教育，又見多識廣的企業家夫人或先生娘（醫生夫人），談話內容豐饒有趣。朋友見我每個月都興致勃勃地參與，笑說又要去吃「千歲美女大餐」（她們的年齡加起來足有一千歲）了。其實我是在挖寶，這些老人家的談話富涵人生道理，取之不盡，讓我受用良多。

我婆婆在其中排行第二，三姨是位李太太，已九十四高齡，但她的記性最好，至今能記得一百多個電話號碼。她常說起日本統治

時期的台灣百態、台北市的舊貌，還有世界各地的風土人情。每次見到我都說：「靜惠呀，妳這個年紀最好了，要多出去走走……」讓我警覺歲月正在流逝，要好好把握。有這些阿姨們的提醒，讓我更珍惜目前所擁有的一切。

歲月荏苒，十二姐妹歷五十年的情誼深摯又動人。（簡靜惠 提供）

∞

靜惠的話

以最真誠的心待人，不必太計較。

分享是我的人生價值

剛回台灣時，我與婆婆在同一間辦公室上班，我的興趣廣泛又喜吸收新知，那時辦公室在博愛路，鄰近就是書店林立的重慶南路，我會利用中午休息或傍晚下班時，四處走走看看。

當時我是國際電化公司財務部門的主管，但我對財務工作興趣不大，還好有副理等專業人士協助我。在公司裡，我對「人」和「教育訓練」更有興趣，透過舉辦不同活動，把大家組織起來，一起學習精進。我邀集女同事組成「菁菁社」，將嗜好分享給大家。比如我會先學做西點蛋糕，然後現學現賣地教她們烘糕點、揉月餅，後來連我婆婆也加入一起學做月餅。我也會規劃一些如禮儀、商業知識等主題的演講，當時的我，已有像現在讀書會帶領的觀念與做法，可能是我的本性使然。

一九七一年洪建全基金會成立的第一個計畫，就是創辦《書評書目》雜誌社，因經費不夠，我硬是在公司的辦公室裡擠出一個小房間給雜誌社用。當年許多作家如黃春明、景翔、沈謙、隱地（他當時是總編輯），都來過這兒，對這個「菁菁社」很好奇。有一次我們正在烤月餅，香氣四溢，就請他們一同嚐嚐。景翔吃了包著蛋黃的月餅，納悶地說：「怎麼可能？那個蛋黃會包在餡裡，又被包在酥皮裡……」看他一臉困惑的樣子，真是好笑。

簡家五姐妹。（簡靜惠 提供）

我的個性愛玩也愛分享，可能跟我的出生排行有關。早期台灣是個重男輕女的社會，大家都很盼望家裡有個男孩出生。如果生了女孩之後有個男孩出生，大家會說這個姐姐會「招弟」、真分張（很會分享的意思）。

我在簡家是第二個女兒，之後長男邦彥出生，家裡的人就說：「這是個招弟的姐姐，很會分張（分享），有度量……」這個讚美對我影響很大，「分享」的觀念深植我心，也形塑我人生的價值觀。

靜惠的話

〈朋友就是朋友，不管是什麼地位、身分、學識或長相。〉

創意加上喜好，整合資源

早年（一九七五～一九八五）我的好友李文在警廣主持「我愛我家」晨間節目，宣揚「愛家」的重要，我便想到可與她合作推廣「愛家」的觀念，建議邀請聽眾組成「愛家聯誼會」，並請聽友每年一次來洪建全基金會召開聯誼會。我自己也以身作則，邀約國際電化公司的同事與家族到淡水老家玩，請李文與大家相聚，面對面座談。在當年還沒有企業這樣做過。如今許多老同事退休見面時，還津津樂道當年的盛況，說對他們家庭美滿的影響很大呢！

我喜歡與人分享我的資源，我也常做資源的整合者——串連、結合各方資源，創造新的價值。我以一個「愛家」的原點出發，就這樣串連聚集了許多人。在遊玩中加進創意與分享的美意，是我的人際社交方式，因此結交了不少朋友，也讓很多人從陌生而交往成友，甚至變成莫逆之交，成就許多好事，是所謂成己成人。

我受婆婆影響很大，在她身邊時間越久，真心地感受她的好，年歲越大就越加珍惜，也努力學習。她常說：「每個人都不同，人都有優點與缺點，我只看優點。」一有機會，我總想把自己所「擁有」的與人分享，並在生活與工作上擴散出去。

婆婆的小名「寬」字，充分在她身上展現，也融進我本有的「分享心」，成為我們共同的處世價值。

用單純的素直心，組讀書會，既學習又交友

我的交友方式跟婆婆不太一樣，我愛閱讀，也愛歡聚玩耍，只是吃飯聊天我覺得不夠，於是將之結合發展成讀書會，既可交朋友，又可增長知識、分享心情，可說一舉數得。

一九八六年，敏隆上任台灣松下董事長後，帶我拜訪日本松下

公司及PHP研究所，我善加利用資源，與日本PHP友會交流，於次年成立台灣PHP素直友會。「素直」的意思很簡單也很深奧，是發自內心去享受閱讀、學習分享之樂。這種以「人」為主體，結合讀書與學習的組織，充分發揮我個性上的特質，自得其樂之餘，也能終生學習、服務社會。

我開始推出一連串的培訓課程，促成一個接一

讀書會一景。我把純友誼的「七姐妹」聚會發展為紅外線讀書會，不定期相聚共讀共遊。

個讀書會的相聚成立，開展我在讀書會群的經營形象，自己更樂此不疲地享受著讀書交友之樂。二〇一〇年我到南美旅遊，認識了喜歡吟唱河洛語唐詩的吳氏夫婦，回台後發動組成「河洛語唐詩吟唱讀書會」，每月聚會一次持續至今。二〇一一年的中東旅行，回來後也促成「遇見」讀書會的成立，每月兩次遇見「聖經」也和「會友」相聚，心靈安定，友誼長流。

二十多年來（二〇一二年將居滿二十五年），我參與讀書會、栽培種籽志工一起推廣，會友們各自的特質和才能不斷地成長提升，也因著潮流發展結合新知，開拓出更多的社群與族群。

用「素直心」感召，享受「人」的單純美好，享受與知識交流的快樂。

第六堂

自己的人生要會「打算」

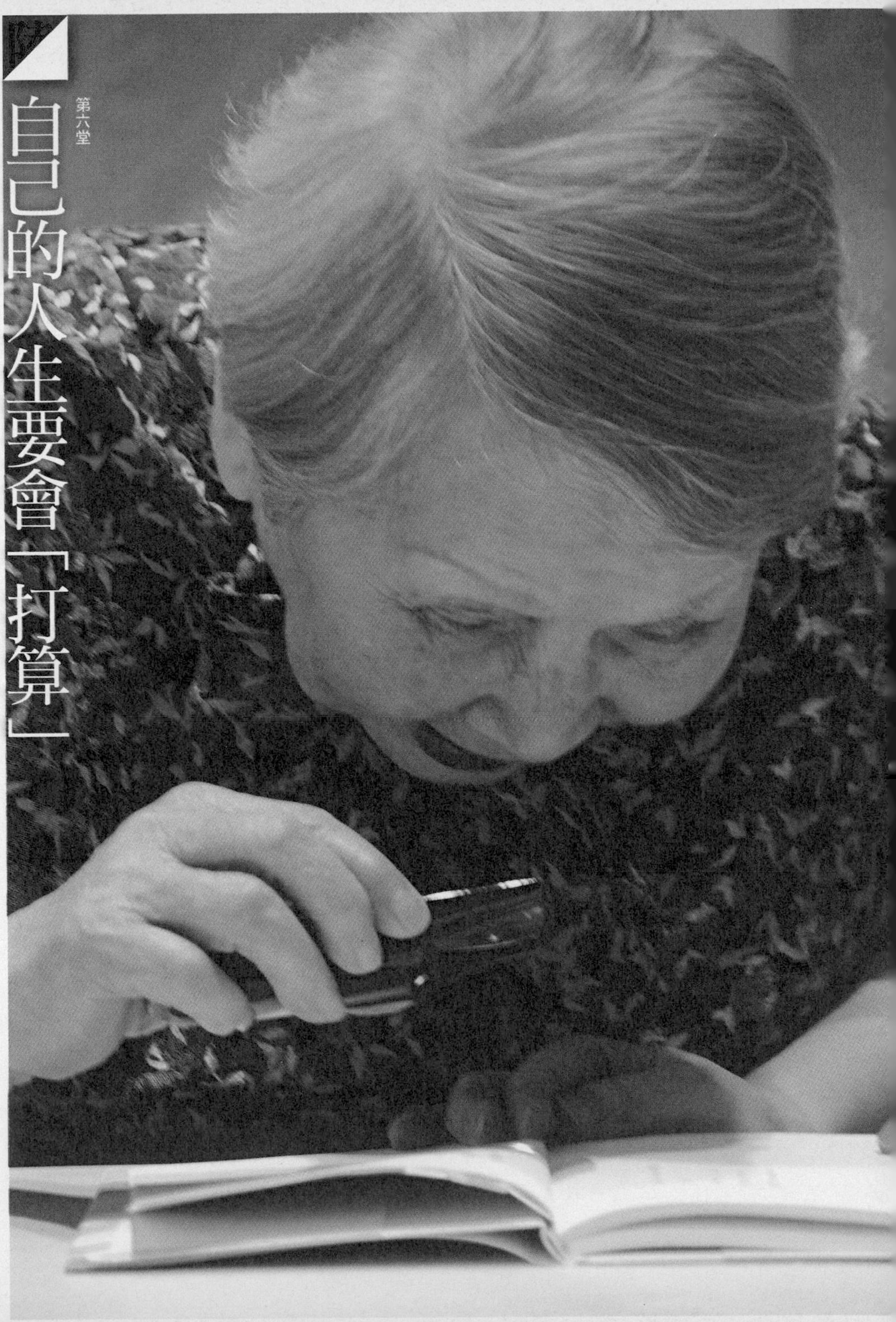

好的放心頭，壞的放水流。

阿嬤的話

好的放心頭，
壞的放水流。

一九三七年前後，我的公公洪建全先生在衡陽路開設「太陽堂唱片行」、「南邦電機行」起家，婆婆便一路與他攜手奮鬥；一九六二年，與日本「經營之神」松下幸之助合資成立台灣松下電器公司，在充滿挑戰的商場上，她注定是丈夫重要的左右手；直到我公公及敏隆先後（一九八六、一九九〇年）逝世，她毅然接下台灣松下董事長一職。多年來，被稱為「國際牌阿嬤」的她——一位勤勉謙和的女性企業家形象，深映在眾人眼底。很多人好奇，究竟是擁有怎樣的智慧與能力，讓一個僅有小學學歷的養女，能夠成為台灣大型企業公司的董事長？（註一）

阿嬤的話

我有兩個名字，正名叫勉，
小名叫寬，兩個我都喜歡。

用「寬容」與「愛」照耀四周

二〇一一年四月上旬，台北社教館上演新編豫劇「美人尖」（註二），由王海玲擔綱演出女主角阿嫌，這是一個講述台灣童養媳的故事，我看了之後很有感觸。阿嫌是被嫌棄的，她的命運坎坷，勉強嫁入夫家，卻不見容於婆婆。她頑強對抗，以仇恨去爭取生活權，跟自己的婆婆爭鋒相對，換來的卻是寂寞孤苦與親人離散，是徹底失敗的一生。

對照同樣是童養媳的婆婆的人生，卻是開創了另一番天地。

「沒有游勉，就沒有國際牌。」這句話對我婆婆意義重大，有什麼比來自丈夫的肯定更珍貴。所以婆婆說：「我這一生真幸福，真滿足。」

我的婆婆本來的名字叫「免」（後改為勉），與阿嫌一樣，台語發音都是「不要、免了、嫌棄……」之意。兩人的命運前半段相似，後半段卻截然不同。其中最大的差異是，婆婆以她的聰慧，思前想後，多為他人著想，用「寬容」、「努力」與「愛」展現善意，她得到三贏：滿意的婚姻、為養兄另娶婚配、練就洋裁手藝一生受用。是她安靜沉著的內在修為，在生活中不斷地累積能量，曖曖內含光，不僅呈現自身的圓融，也照耀四周的人明亮美好。

阿嬤的話

千金難買少年貧。

在針線手藝中練出美好性格

年少時的婆婆，為了自己的將來得要賺錢存錢，便與來自福州的西服師傅學習裁縫技藝。她先從縫釦子開始，再做童裝、女裝、

男裝、西服，一步一步學，工夫下得很扎實。

婆婆是一流的針線巧手，她學裁縫女紅可不像一般富貴人家的女孩，用來縫製嫁妝或打發時間的，她是為了顧三頓（三餐）、為生計、為自己的將來，是謀生用的。針線工作細微繁複，針腳要細緻整齊，就得全心投入在每一針每一線上。要做到盡善盡美，以完成一件藝術作品的心意在做，也要讓客人喜歡，才會再上門找她做衣服。這手作活兒，需要專心、細心與耐心，久而久之，養成了她定靜、沉穩的個性，在穿針引線中，自有一份安詳與恬靜。

早年的員工秀蘭就學到這門工夫。前些日子我找她陪阿嬤去陽明山吃土雞，她又在說：「早年在店裡只要有空，我也喜歡做衣服。董娘會教我，趁工作空檔我會拿去請她幫我看看，她就會說這兒那兒要縫整齊，針腳齊才好看。」

這些年來，坊間流行以氣功、禪定靜坐來修練自己的內在與EQ

阿嬤的縫衣機。鏽磨的機台散發著穩實光澤，本身就似有說不盡的故事。它陪伴著阿嬤，一起織繡美好的人生。

能力，以應付外在的紛擾變動。婆婆完全不需要這些外力，她也很少上道場佛堂，因為她的內心很平靜，內在能量是源源不盡的。

除了裁縫手藝，她也擅長毛線針織，不必繪圖、算針數就可以完成，她說這些圖案數字都在她的腦子裡。博愛路九樓的起居室內，有一張洪家的全家福照片，兒子、女兒身上的衣服，都是婆婆的傑作，連制服上的名牌也是自己繡的。到了我們的兒女這一代，孫女們每人都有一條阿嬤親手織的毛線圓裙，沒有接縫、一線鉤成，每個人都珍愛不已！

阿嬤的話

我的興趣是有代誌做。

凡事注重細節

市面上量產成衣的細緻度，婆婆是不會滿意的。八十多歲時，她還常常帶著老花眼鏡，用她的腳踏縫衣機（她的嫁妝）修改衣服。

有一次，我看她又踩著縫衣機，問說：「衣服怎麼了？不是才買的嗎？」

她說：「這件睡衣的袖子兩邊不對稱，一邊高一邊低。」

我拿著衣服比對了半天，也沒看出什麼端倪，但細心的她，一眼就知高下。縫縫補補已是她的習慣，是她的自得之樂。

從小我也喜歡做女紅，敏隆過世的那幾年，我打毛衣、做拼布，知道專注在一件作品上的成就感，而這個定靜學習，讓我在針線縫補中走過失去摯愛的傷痛。

除了針線活做得細，婆婆做事也很有效率。她管理家務井然有

阿嬤起居室牆上的全家福照。丈夫及孩子是她圓滿人生最重要的依戀。

序、手腳俐落，看她料理廚房事務，就知道她是一個有條理、有章法的人。她曾對我說過：「妳注意看哦！有人一進廚房就東摸西摸，一雙手洗個不停，半天煮不出一個菜來……」我終於領悟到，所謂「主中饋」不是說說而已，大事、小事都要做好！

每逢家中宴客，婆婆會親自到廚房指揮，她先想好要上桌的菜色，寫好菜單，再上菜市場買菜。我曾隨她去市場採買，一進去，我是眼花撩亂又手足無措，只見她一面親切地與菜販、肉攤老闆打招呼，一面有條不紊地精選食材。從市場這頭走進去，那頭走出來，該買的都買齊了，連根蔥都不遺漏，我真是服了她。

婆婆既細心又會「打算」，既會計畫又會行動。家務事很瑣碎，但她一點都不馬虎。有這樣的能力，應用在做其他的事情上，也是一樣管用。無怪乎古人說：「治大國若烹小鮮。」

這樣的內在能量，小至家務女紅、財務記帳，大至輔佐公公的事業、大筆資金進出、人事客戶仲裁，更遠至到日本談判謀略、獨當一面主掌家業……婆婆都能以她的慧思巧心，取得他人的信任，並做出對的決策。

我在婆婆身邊四十多年，經歷洪家事業、家族諸多的變化，從早期的商業危機、家人至親的傷亡、或自身的病痛……她總是以一貫的「安靜沉著」面對。我好像從沒見過她的情緒有巨大起伏，甚或痛哭流涕過。最多是看她在辦公室裡走進走出，表示胃口不好，晚上睡得不穩。

反觀我的情緒比較直接，我會依隨自己的心情來表達，或是以閱讀沉澱思緒，有時也會沉不住氣地發洩……我的成長背景比阿嬤順遂，也就偶爾較為「隨心所欲」。直到接近晚年的現在，我漸漸體會出「定靜」的力量，不斷地反思修練。

阿嬤的話

福氣求不來，
勇氣靠自己。

無私無我，惜物勤勉

自從婆婆與我公公二人在車上相親成功、接著結婚後，她便以全副精力輔佐先生的事業，還要照顧家庭與小孩。她並沒有打造自己理想或願景的企圖心，也從沒立志想要成為女性企業家。她只是跟當時很多女性一樣，除了把家庭照料好，也努力協助丈夫，一切於她，恰如水到渠成般的順理成章。我認為那是一種「無私無我」的境界，也就是所謂的「認命」、「認分」。

婆婆知道自己的長短處，也懂得接納自己，依據自己的根性走出一條路來。然而她的根性裡有著相當高的道德規範，不但受著當時社會的禮教，也得自她的啟蒙書《增廣昔時賢文》的影響。她嫁給洪建全先生，也嫁給這個家族，行善是為洪家求福祉，從未想到自己，這是她的人生圭臬。

婆婆十分明理，善於處理人際關係，這無論在大家庭還是企業裡都是一門重要的功課。在優渥環境中成長的人，如果欠缺嚴格的教養，個性容易流於自我中心，若再沒有節制，久了就會顯得跋扈、驕縱。婆婆從小生活困頓，對身邊的人事物無不珍惜，這是她的知福也是惜福，所以福氣都會跟隨她。「人生難得少年貧！」小時的貧苦日子，凡事都要努力才可得，養成一個人「認分」、「惜物」、「勤勉」的特質，這些美德在婆婆身上都可見到。「惜物」、「勤勉」是一種習慣、一種生活態度，並不是窮苦人家的專利。很多人一旦富有了，就忘了這些基本的生活價值。婆婆深悉此真理，一生節儉自律，數十年從未改變。

阿嬤的話

人學始知道，
不學亦徒然。

不斷學習，培養能力

婆婆的自我要求極高，有好勝心也不輕易認輸。她曾對我說，當初她要幫公司記帳，公公以略帶調侃的語氣嫌她寫字難看。她沒有表示不悅，卻從此每天用毛筆在報紙上練字，最後練就出一手清秀的硬筆字。這個練字的成績，秀蘭也跟我說過：「我當時只對裁縫有興趣，沒有跟董娘一樣在報紙上寫字。她每天都寫，把報紙寫得滿滿的。董娘的字真漂亮。」

早年的困苦生活，不容她有時間享樂玩耍，婚後忙於家庭事業也不可能有什麼娛樂，所以當她步入中老年，終於較為悠閒時，除了打高爾夫球、寫寫字外，大都是看書、看報，或與親友話家常。她不太出門，大多是親戚朋友客戶來拜訪她，找她聊天說話。我的大姐和小妹很得我婆婆喜愛，大姐簡宛就說過：「阿姨（簡家姐妹們都稱阿嬸為阿姨）其實最喜歡有人跟她說話，她愛講古早時候的代誌。」

如今婆婆已九十五高壽，去年她生病康復後，我就常與她講話，或拿著報紙、歌詞、雜誌等等，和她一起唸出聲來。二〇一一年三月日本發生強震海嘯，她都有聽聞也知關心，並非如一般老人家無感無知，不問人間世事。

哲學家亞里斯多德曾說：「語言是人的天生能力，不只是表達苦樂，還可宣布正義與不義。」

阿嬤認真看著阿孫（裕鈞）的報導。（簡靜惠 提供）

不論是看電視或說說話，她都能與身邊的人感同身受。我每每聽她適時說出一些諺語，都讓我看到她內心的單純，以及一股向善、向上力量的湧出。

「眉先生，鬚後生，先生不及後生長，後浪推前浪。」她的身體是在老化中，但仍保有親切的善心，是一位成功老化的智者。

∞

靜惠的話

保持理性的態度看事情，凡事想清楚再行動。

我雖無私 卻有我

相較於婆婆，我對於人生與事業，可能有無私的情懷，但並非完全的「無我」。我是「在我的『分』內開創出一片天地。」

一九六九年，我與先生洪敏隆攜子裕鈞自美返國，公公就迫不及待地希望我們投入事業，共同為洪氏企業奮鬥。洪老先生當年是以「夫妻協力，共創洪家企業」的標準，來要求我這位有教育理想的長媳，也必須參與企業經營。

雖然我的原生家庭也從商，但我志不在此。在我的成長階段，父母給予我很大的自由，尊重我選擇念歷史系、教育研究所，我也一心想以「當老師」為終身職志。可是公公再三強調，在洪家，妻子協助丈夫的事業是絕對的必要。這個要求，讓我有些不適應，畢竟我不像婆婆那個時代的女性，可以全心奉獻給家庭。我不是那麼「認分」，然而權衡情況，我決定先盡我的「分」，再尋往自己喜歡的道路。

當時我本有機會接受教育部的安排，去擔任教職或輔導諮商專員。但這麼做，必定會違背夫家的旨意，也得不到家庭的支持，對還不滿一歲的兒子也怕照顧不周全，很可能忙得灰頭土臉卻又兩面不討好。

於是，我決定「先妥協再堅持」，暫時將自己的理想、專長放一邊，盡心來參與家族企業的經營，貢獻自己的一份力量。決定清楚後，我開始為進入企業做準備，舉凡人事管理、會計、簿記、報表、傳票等等，一切從頭學起。老實說，學得相當辛苦。

婆婆身為「董娘」，總有董事長在前頭，她可以安心地在背後相挺。而我被任命為「財務經理」，是有著頭銜職位的，代表著責任與擔當，必須直接面對員工，與其他單位溝通協調，真是好緊張也好沉重！雖然我公公極看重我的學歷背景，但他忘了專業的必要，其實這是讓我最擔心的事。

那時公司已逐漸轉向企業化經營，我雖認真，但財務管理真的不是我喜愛的工作。我曾被當時公司的副總批評：「唯女人與小人難養也！」我非常生氣，並向他表明，他可以說我能力不夠，但不能以「性別歧視」來評斷我的人格。這只是當時的一小部分不適之處，其他如內心的不接受和不安，更讓我十分為難。

這些挫折，當然也促使我更加努力地做好我的工作，不敢怠惰職責。然而這段時期的財務專業訓練，對我往後從事文化工作，有很大的幫助。我比一般的文化人務實，也有著不同的思考與企業知識，不會只耽於理想或表象，可以較確實地衡量一項決策的可行性與效益。

靜惠的話

每天生活都先安排好，每月每年也要計畫，久了，一生也就明白清楚了。

積極主動，喜好藝文

從婆婆身上，也讓我回想起小時候的成長過程對我的影響。

我的父母親對子女的要求很嚴格，我們不僅要做家事，也要幫忙顧生意，像是送貨、記帳、包裝等等，也都知道家裡的經濟狀況。從小學開始，我們就都不是「喫飯鍋中」長大的，「知生計」從小就被灌輸在腦海中。

父親常說的話仍縈繞在耳：「只會做事，不算會做事，要先會『打算』。」

「做每一件事，小至穿衣吃飯，大到讀書工作，都要會『打算』。知道先後次序再開始，才會事半功倍。」

「應該要做的事，就要積極去做，不要拖泥帶水。每件事都要從頭做到尾，不可半途而廢。」

每天清晨的閱讀，讓我滿心歡喜，保有活力。

每年的寒暑假，我們姐弟妹要全天候幫忙家務和店務。我跟媽媽說：「我會幫忙帶弟妹看店記帳，可不可以給我多一些零用錢，我要到街口的租書店包月看書。」

那真是一個如海綿般的吸收期，我的閱讀興趣寬廣，父母不太管我們的成績或看哪些書，相當尊重每個孩子的成長選擇。我早期偏愛中外名著小說，後來喜讀傳記歷史等領域，進入企業後，從讀彼得．杜拉克的《有效的管理者》（*The Effective Executive*）開始，我的求知觸角更廣，舉凡企業管理、科學新知、教育、文學藝術等等，我在閱讀的世界裡，找到了極大的滿足感。

我們家在中和鄉下，開雜貨店也經營戲院，每天都有歌仔戲、電影可以看，養成了我對藝文的喜好。在這樣的性向及背景下，我的視野因之而開闊，我的價值觀也因之不會拘泥在社會既定的功利框架裡。因此，當一九七一年洪家成立洪建全基金會時，我才可以逐漸由商轉文（與教育）。我在文化的領域裡歡喜耕耘，不亦快哉！

回顧過去的學思背景，除了得自父親的肯定，也在極大的自由空間裡發揮自我。我習慣理性思考，不易迷失於眼前短暫的成果。一直到現在，讀書和觀賞表演始終是我的最愛，這些都是從小積累的心靈養分。無論在生活還是工作上，我仍然不停止學習吸收，無畏老之已至呀！

註一：二〇〇九年，經濟部工業局為「高雄科學工藝博物館」籌設工業史蹟館，策劃拍攝並見證台灣工業發展的企業家推手，主題是「典藏過去，策勵未來」。十位工業界重要推手有：台松洪游勉、裕隆吳舜文、大同林挺生、台塑王永慶、台基電張忠謀、宏碁施振榮、統一高清愿、義聯林義守、奇美許文龍、中鋼趙耀東。阿嬤是十位當中唯二的女性。

註二：新編豫劇「美人尖」是根據王瓊玲同名小說改編，原著由三民書局出版（二〇〇九）。

第七堂

能決策，有擔當

人在內，聲在外。

阿嬤的話

人在內，聲在外。

台北市博愛路上的國際電化大樓九樓，是洪家的大本營。印象中，婆婆總是「在家」，因為她的家就是她的辦公室，她的日常起居都在這個空間裡。阿嬤從來不說她要退休，工作就是她生活的全部。當年（一九六八～一九八〇年間）洪老先生建造了淡水招待所做為洪家的居所，但兩老的心思都在工作上，博愛路的舊居仍是他們最愛駐足的地方。母公司（國際電化公司）一直穩在九樓，二弟洪敏弘所創的建弘集團設立在此，三年前（二〇〇八）我兒子洪裕鈞的愛比科技公司也搬來三樓，他的辦公室很巧就是當年他老爸敏隆坐的位子。中午時刻的九樓異常熱鬧，洪家的兄弟、弟妹、侄兒們都會來這兒，陪伴阿嬤一起吃午飯。

國際電化大樓的前身：國際通信機械公司。（簡靜惠 提供）

多思量，
想前想後想妥當。

定靜的能量場

我剛回台灣時，博愛路的國際電化大樓尚未改建，是一棟四層樓房，我公公婆婆住在三樓的後棟，臥室一出來就是客廳，繞著牆有一張橢圓形的長沙發，以及一張我婆婆的辦公桌。這兒是每天家人、員工與客戶的會聚處，阿嬤的舊友和親戚也會來訪。阿嬤在這兒含飴弄孫、開菜單主中饋、喝咖啡話家常、練寫字、核對日報表、公事蓋章、讀報紙、踩縫衣機、打毛線……每天過著應接不暇、送往迎來的豐富生活。

有一位顏「先生」（她是位女士），婆婆對她十分尊敬，待之如師長，從互動中我看到婆婆的進退有據；有一位每天來的楊阿姨，她先生是牙醫，婆婆與她情同姐妹，無話不說，是生活上的好朋友；全台各地來的老闆娘們，婆婆與她們愉快聊天，從中得知店務商情；當辦公室的會計小姐請婆婆核對日報表或蓋章，此時董娘總會噓寒問暖，揣度公司的營運士氣。公公與敏隆兄弟們也常來與

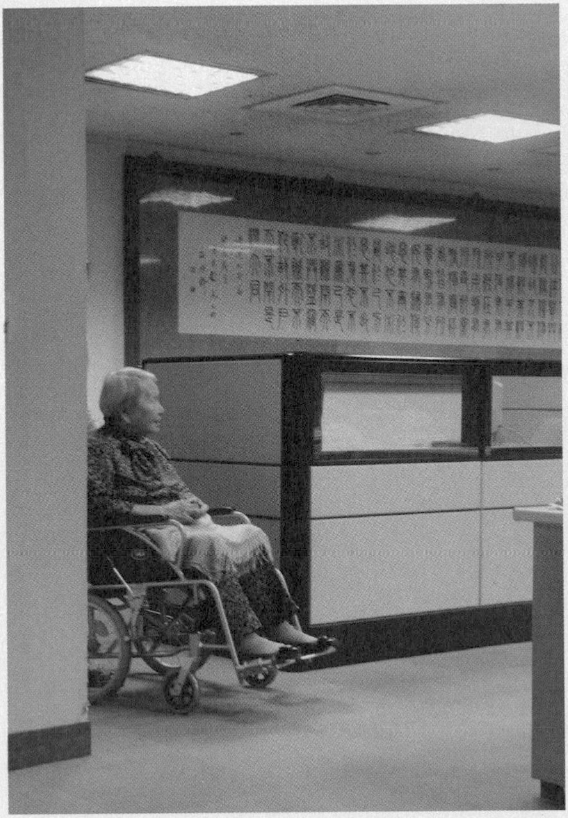

阿嬤的家就是她的辦公室。如今，她仍喜歡在人員川流不息的所在與人親近。

她談話諮詢，從家務到公事種種，以及他們的創業意圖，婆婆的識見與視野，就是這樣一點一滴建構起來的。

一個人員川流不息的所在，永遠帶給婆婆新的刺激與新的吸收。她冷靜沉穩，善於傾聽，不僅是好聽眾，也是好軍師。有時聽到不錯的訊息或時機，她也會把握機會行動，比如買賣股票、購屋置產，真可謂「秀才不出門，能知天下事」。

婆婆曾向我說起她「裡外一肩挑」的一段艱辛往事。一九六〇年間，公公因肝病住進台大醫院，她每天得先到台大醫院探望，再回公司處理業務，而當時適逢代理權波折、員工去留等隱憂，家事又繁重，孩子們都還在求學……當真是危機重重。所幸當年在新公園巧遇一位異人獻出藥方，得以治癒公公的肝病；公司的營運也在兩老長期建立的穩重形象，以及日本松下的全力支持下，度過難關。婆婆說得雲淡風輕，然則背後必然是洪建全夫婦二人早年扎下的良好商譽，加上婆婆能幹可擔當的形象，才能讓洪家與日本松下的合作基石屹立不搖。

我相信，這正是阿嬤的「定、靜」能量，讓她在那一方天地裡運籌帷幄，成就她做為輔佐先生及家族事業的重要角色。

阿嬤的黃金人生

公公洪建全先生於一九八六年過世，沒多久，長子敏隆也離世，前後不到四年，沒有給婆婆喘息的機會，就被要求披掛上陣，擔任台灣松下的董事長。自此，婆婆由幕後走到台前，穩坐九樓當年老董事長的大辦公室。這張掌舵大椅，她一直坐到現在。

這幾年也是婆婆人生的一大轉折。她要主持會議，要對員工訓勉，商品發表時要對經銷商說話，運動大會時還要舉手行禮閱兵、精神講話、帶領大家跑步。雖然都有幕僚協助，仍須事必躬親。阿嬤卻做得恰如其分，上台演講時鏗鏘有力，無論台語或日語都說得很順溜。那幾年，台灣松下企業曾連續五十個月業績都百分之百達成，員工人數最為龐大，士氣最是高揚，到內地發展成立的廈門建松公司業務也蒸蒸日上，正是成績輝煌的黃金時期。

我清楚記得每年的台松運動會，婆婆身穿運動服、戴著運動帽，站在司令台上精神抖擻的模樣。一位七十多歲的老太太，面帶笑容地檢閱全體運動員進場，右手舉在眉前敬禮，中氣十足的大聲演說。那樣盛大的場面，婆婆總是從容不迫，有時還會露幾句日語，讓人刮目相看。

這些美好的往事，就此留在婆婆的記憶裡，她時常會向人說起這段風光的日子，以往的困頓辛苦早被她拋到九霄雲外了。她的內心滿足而喜悅。年歲已高的她，近來很多事都不太記得了，也不太感覺自誇會不好意思，她會一再地跟人說，她曾是台灣松下的

阿嬤主持台灣松下電器公司運動會。（上）
阿嬤就任董事長典禮。（下）
這是阿嬤最風光的一段歲月。（簡靜惠 提供）

董事長、現在是會長，她是台灣兩位女性企業家之一，資料在台灣工博館……

我看著這麼一位斯文慈祥、內心滿載愛的老人家，彷彿回到了最真誠的童真狀態，社會給予的肯定填滿她的腦海，是她最美好的回憶，高度的成就感讓她由內而外呈現一片祥和。這也印證了婆婆常說的：「心水（美），人就水（美）。」

婆婆內心的圓滿映照在臉上。好的正向思考，帶給她安慰及勇氣，讓她可以有更大的能量去面對生命中的困境難關。

阿嬤的話

〔觀今宜鑒古，無古不成今。〕

嚴謹的自我內在訓練

二〇一〇年八月間，我的媳婦淑征將九樓的大辦公室改裝整新，她很用心地拾取許多原來淡水老家既有的素材，運用在九樓的居室裡，包括擺設、色調、燈光，以及早年公婆一同生活打拚的記憶。如今辦公室與起居室融為一體，不但溫馨舒適，又有當年的氛圍。婆婆在裝修期間大病一場，好轉後回到這兒居住。身體已大不如前的她，必須靠輪椅代步，但她依舊毫不怠惰，到處磨磨蹭蹭；有時夜裡醒了，她就起來坐著，也不麻煩人。

「媽媽昨晚沒睡，起來了好幾次……」時常回台灣陪伴婆婆的小姑慧珠說。

「那她起來都做什麼？」「沒做什麼，她一個人靜靜地坐在輪椅上。」

聽起來著實有些不忍，但是婆婆向來習慣一個人「安靜地」坐著，她不會要求別人來陪她，也不會去吵擾別人，她總是安安靜

靜的。

早年公司業務繁忙，孩子一個接一個出生，婆婆內外一肩挑，根本無暇出門，除了公司應酬或家族聚餐外，不太應別人之請而外出，通常就一個人靜靜地看書、寫字、記帳、縫衣服、翻抽屜……她不是一位會「舒腳」（舒服享受地過日子）的少奶奶，她永遠是一副職業女性的端莊形象，打理得整齊合宜，從不怠慢生活。如今九十五歲的她，每天仍穿戴齊整，不去打擾別人，對待專門看護、照顧她的人，也是客客氣氣地不斷說：「謝謝！謝謝！」

這種從純淨心靈流洩而出的氣質與自持，長期下來，透過自我精神的嚴謹訓練，可以一心不亂、情緒穩定，不易受到外界刺激而惱怒；她會思考並了解自己的處境與外界的狀況，逢到需要有行動或做決策時，深思熟慮下的結果，也就正確而不易出錯。

從純淨心靈流洩而出的氣質與自持，讓阿嬤充滿定、靜的能量。

阿嬤的話

〈代誌未到，先想起來等。〉

知頭重，冷靜敏銳的觀察力

婆婆對我說過：「我小時候曾有過沒有米下鍋，兩三天沒飯吃。」可以想見當時生活之艱辛，而這般的切身痛苦，很快能讓一個孩子學會：怎麼去「過日子」？怎麼面對「生活」？不是如吃米不知米價的好命人般，不解民間疾苦，不識天高地厚。

婆婆很早就學習到生活的能力，比如「知頭重（知道輕重緩急）」、「細心」、「忍耐」、「勤奮」等等，以及再延伸的「包容」、「寬厚」與「未雨綢繆」……

這是一種天生的能力，加上後天環境所訓練養成的習慣，造就出美好的品德。她敏銳且觀察細膩，不論處在人生的任何階段，總是思索如何進行下一步，而不只是應付眼前的事而已。

一九八〇年間，我的公公再度生病，事業和家族也同時有諸多紛擾必須面對，比如企業傳承、財務糾紛、人情糾纏，甚至子女的紛爭等等。我記得公公生病前後的那段日子，洪家的兄弟準備創業，進入商場，由於都是家傳的電器商品起家，在同個圈子裡彼此競爭，難免會起衝突。每當兄弟或父子間有所爭執，我觀察婆婆的神色，她反而很平和也不動氣。我從未見過婆婆是慌亂匆忙的，她永遠是篤定的神態，不會說這個不對、那個不是，也不會做出不恰當的決定。

她的不口出惡言，不大吵大鬧，有時會讓人不解，甚至怪她都不出面指責，然而，這卻是保持家庭和睦的好辦法。爭吵過後，因為沒有惡言相向，不至於尷尬到不敢再見面。保持一種適當的禮節與態度，是我學習到的良範，時間久了，我們這些做媳婦的，

也都不會介入兄弟們的紛爭。

早年有關事業上的談判，或是面臨企業、家族的重大決策，都是她與公公一同面對處理。那時洪家兄弟都還在求學中，到日本總公司商談販賣權等事宜，都是婆婆陪著公公前往。我方勢單力薄，洪老先生有些擔心，婆婆卻很冷靜，體察到許多細微處，對整個情況看得深也想得遠。她為我公公打氣說：「你一定要據理力爭。對方條件如果不合理，當下可不必理他們，拿起皮包就回旅館來，等第二天再說……」

一九五六年，洪建全先生與松下幸之助簽訂技術合作協定。（簡靜惠 提供）

那次的談判果然如我婆婆所料。凡事緩則圓，公公回到旅館後再精心籌畫，做好萬全準備，第二天，日方代表也來到旅館，要求重新開始談判。這次終於達成共識，依照原先中日雙方的約定而行。雖然時代改變，但基本精神不能變，在松下幸之助說過的「共存共榮」原則下，再締造新的營運模式，合作無間。到二〇一二年，台灣松下創立就屆滿五十年了。

∞

靜惠的話

〔我在企業裡學到的經營步驟是：計畫、行動、檢討，再計畫。〕

創造對社會的影響力

我從小喜歡閱讀，也常隨我的祖母進出戲台看歌仔戲，後來我們家在中和枋寮街上開了兩家電影院，從此經常有電影可看。這個看書、看戲、看電影的喜好至今仍未改變，讓我的生活充滿許多新奇樂趣。

因著親近藝文的機緣，我感受到人間的美好，不應只是衣食的豐足，而是該有更寬廣的追尋。也記得電視機尚未普及前，我聽著收音機裡《紅樓夢》的廣播劇，為著黛玉與寶玉的淒美愛情而傷春悲秋，才感知到世間的悲苦，並不只是那些看得見的現實，也觸及許多內心看不見的幽微處，於是對人生開始有了探索及鑽研的興趣。對於文史藝術領域的關心，化為理想的契機，我選擇就讀人文科系，期待接受學術的薰陶與栽培。

我的個性積極開放，行動力強，很能接受新觀念與新事物；我的人生思考不受限於既有的框架，時而海闊天空，時而出現現實的困頓，但基本上是自在寬廣的。我在洪家的企業裡，先妥協地擔任財務工作，之後同時擔任洪建全基金會的執行長。我內心對人

閱讀是我生活的大部分，不同時段幾種不同類別的書籍交錯著讀，真是人生一大享受。

面對未來

文藝術的堅持，找到了可以揮灑的空間。

來自於董事長洪建全先生的信任，在基金會裡開風氣之先，創辦《書評書目》雜誌、成立視聽圖書館、支持民歌、設立洪建全兒童文學獎、贊助創新的藝文活動……因應當時社會之所需，立下開創、播種、扎根的信念。我以長遠的文化觀，不求近利、一步一腳印的耕耘。

尤記得當年我在國際電化關係企業的集團週年慶上，每逢要上台報告基金會的成果時，我會說：「對洪建全先生及家族的國際關係企業而言，洪建全基金會沒有實質的利潤可貢獻，但我們貢獻的是——帶給台灣社會的影響力。」

靜惠的話

我跟松下幸之助學到的是：做決策前要思考，遵循大自然法則，傾聽眾人的聲音。

兩腳站立在文化領域裡

一九九〇年敏隆過世後，我面臨人生的重大抉擇。一是企業與家族的傳承延續，因敏隆身為長子，我有責任必須去面對。他離世後的總總，讓我深知，家族的任何不和睦終將抵銷能量。雖然洪家的企業規模並不大，但兒子學業尚未完成，仍需培養實力才能接班。二是我的成就感不在企業經營，我鍾情於非營利的文教事業，那才是理想所在。

人生的矛盾莫過於處在大危機時，往往要做出最困難的決策。敏隆的英年早逝已讓我萬念皆休，還得面對在企業與家族裡決定「自身定位」的不安與質疑。

敏隆過世未滿十天，我們家的老朋友張繼高先生找我和兒子裕鈞見面談話。張先生對我說：「妳學有專長，妳的個性並不適合家族企業的經營。女性千萬不可介入家族的紛擾爭權，如有爭執或負擔，弄得灰頭土臉很難看，實在不必要。妳專心去發展基金會吧！」對當時只十九歲的裕鈞說：「從今天起，你要忘記你的家族優勢，以及阿公或爸爸給你的助力。你要靠自己，學識能力才是最重要的。」

張先生這席話，我們都聽進去了。經過不斷地自我思考釐清，我決定：「將跨在企業的那隻腳收回來，兩腳並立在文化的領域裡。」我不再在洪家企業裡擔任實質的工作，而選擇擔任基金會的執行長，以此為終身志業。

此時的洪建全基金會已有二十年歷史，我的全心投入，可以在原有的基礎上更上層樓。「在穩定中求進步」是我的行事風格，因此，基金會的發展從未中斷，且常有創新的計畫在推動。

一九九一年之後，我邀請許倬雲院士策劃洪敏隆先生人文紀念講

洪建全基金會櫃檯（張淑征設計）。以光線和各色排列的小方塊，呈現動與不動、變與不變、有破有立的姿態。（上）

素直學堂的不規則書櫃（張淑征設計）。希望會友打破既定的思考模式，自在學習交流。（下）

夜讀史記觀西漢
洪建全教育文化基金會

洪建全視聽圖書館

座、購置房產設立敏隆講堂、以素直友會經營讀書社群並推廣閱讀等等。二〇〇六年基金會成立三十五週年時，又設「MEME覓空間」，為新藝術尋覓抗衡場所。一連串的創設，將我的理想充分發揮。我在洪家的事業裡擠進了「藝文」二字，倍增光采，十分自得。

一九九七年，我已有參與企業經營的經驗，更有從事基金會的專業形象，便應當時的故宮博物院院長秦孝儀之請，擔任「國家文化藝術基金會」執行長三年。在此期間，建立了公平公開的補助機制，為藝文活動開創新機，引領創新觀念。我不僅得到服務國家級基金會的經驗，也了解其限制，因而更加珍惜洪建全基金會的民間力量。它可自由發揮非營利事業的優點特色，長遠而有規劃地回應社會需要。

順天順人，即知即行

我與婆婆共同生活四十多年，近年來我對外演講，常以婆婆的人生故事和生命態度當做材料，因為既親近又真實，最主要是我從內心裡對她有著孺慕深情與佩服欣賞，所以聽眾們都很愛聽。

我從她身上學習到的是：沉靜順服——順應當下環境而不排拒，就能獲得莫大的力量。這其實是一種積極向上的生活態度，是一步一腳印的堅持。而我們個性中的即知即行，也應了日本當年紅星加山雄三所說的：「想到就要去做，做了就會變成習慣，習慣了就變成性格，而性格會引導你的命運。」（二〇一一年十一月號PHP月刊）

做好每一件事，必然會走出一條康莊大道，我與我的婆婆都以我們的所思所做，走到了今天。

第八堂

[illegible]人公平的財務分配

凡事要會打算，

想前、想後，想清楚。

阿嬤的話

〈凡事要會打算，想前、想後，想清楚。〉

一九七七年，婆婆過六十歲生日，兒女、媳婦們跟往年一樣聚在一起，討論要如何幫她慶生？幾番商議，大家都感到婆婆其實已經什麼都不缺了，到底還能為她準備什麼禮物呢？

剛好那時得知高雄六龜的育幼院急需一間廚房，於是，我們想到可以用婆婆的名義捐款，幫育幼院蓋一間廚房，讓孩子們有個固定舒適的用餐場所。

以往每次我們提議要送婆婆禮物，她都會笑著拒絕，表示不需要。但這一次，我們說要把買禮物的錢改捐給育幼院蓋廚房，她立刻欣然接受。

「對社會有益的事情都可以去做！」這是婆婆的慈悲心，也是她發自內心的無私箴言。

婆婆非常重視兒童教育，不僅照拂自己及親戚的孩子，當她有能力之後，也樂於扶持社會上需要幫助的孩子。我與婆婆都是中和鄉人，中和國小是我們共同的母校，我公公洪建全與我父親簡銅鐘也都是校友。我也一心想要回饋鄉里，對母校的發展一直很關注，從早期捐贈母校教學設備與事務器材，到贊助手球校隊出國比賽等，只要有需要就給予支持。二〇一〇年中和國小一百週年校慶，我與婆婆都被選為傑出校友，真是光榮。

阿嬤的話

濟人需濟急時無，渴時一滴如甘露，醉後添杯不如無。

對社會有益的事情都可以去做

把淡水老家提供給藝文界使用而成立「洪氏藝文之家」，二樓闢為基金會文物陳列室。（簡靜惠 提供）

洪建全基金會的成立，正是洪老先生夫婦將長期對社會的關懷，轉為具體且有系統的付出。當時洪老先生的事業如日中天，事實上洪家並非台灣首富，甚至連大富人家也說不上，只因兩老都是白手起家，對社會公益不但支持，於一般非立竿見影的教育文化事業也有寬宏的器度接納。而讓我沾沾自喜的是，洪家的家族事業的確也因基金會的運作而享有好名聲。敏弘就曾說過：「大嫂硬是在淡水的洪氏之家擠進藝文，而成為『洪氏藝文之家』。」

一九七四年，基金會設立「洪建全兒童文學創作獎」，是有感於台灣缺少本土的兒童文學作品，希望藉由這個獎項，鼓勵國人創作更多適合孩子閱讀的好書。這件事要獲得支持，必須經過董事長（洪老先生）同意，於是我先說服婆婆。婆婆聽了我的建議，知道設立這個獎項的目的後，也大力贊成，老董事長這關自然也就無異議通過了。在人際關係的互動中，我的直覺告訴我，不可忽略頂頭上司的身邊人，心存尊重，以和為貴，自然事事圓滿。

基金會的經營模式，並不是先有一筆基金登記為母金，而後仰賴母金孳息做事。老董事長習慣以企業經營來要求基金會的營運，我必須每年提出計畫、詳列預算內容後，他再撥錢給基金會。所謂「撥」，其實是董事長夫婦捐出來的。當時的公司捐贈有稅法上的限制，又須經董事會通過，因此老董事長都是以私人名義捐贈，從自己的口袋拿出來，他自己便可決定。我婆婆當然也扮演

和兩個媽媽在「洪建全兒童文學創作獎」標誌（曹俊彥設計）前合影。（簡靜惠 提供）

很重要的角色，她永遠以「對社會有益」為前提，一點都不吝惜把錢拿出來。

她不似一般人只看眼前的名聲，也不短視地只求立即可見的效益。每當我提出像設立文學獎這種需要經過一段時間才看得到影響力的計畫，她也都會贊成。這表示她對事情的看法是理性且深遠的，並有相當精準的判斷力。

曾有親戚看到基金會的設

立，以為「善門大開」而向她募款捐錢，她指著我說：「跟她說比較有用，她爸爸比較聽她的話。」把我嚇壞了，不敢造次。對於基金會的每項金錢進出，我除了向董事長報告外，也都會向她說明。

婆婆八十四歲的時候，我請作家姐姐簡宛為她寫《國際牌阿媽的故事——洪游勉傳》，由基金會出版，在海峽對岸也造成轟動。婆婆很高興，先拿出兩百萬元，簡宛也捐出版稅，成立了「洪游勉獎助學金」，獎助念文史哲藝的學生，持續至今已發出七百多萬元獎學金，贊助學生三百四十餘人次。基金會每年整理學生的名單給她看，當她知道錢不夠了，會再補匯進來。我也鼓勵學生寫信給阿嬤，讓學子們也懂得表達感恩之心。

婆婆九十歲時，我向她建議，在台大台灣文學研究所設立「洪游勉文學講座」。如當時的柯慶明所長所言，「不僅要保存台灣的文物，也要保存台灣文人的思想理念」為宗旨，每年由婆婆捐六十萬元給台文所，邀請在台灣享有盛名的文人學者到台文所演講，並將演說內容錄音、錄影，製成光碟流傳。這個講座連續辦了三年，製成十六張光碟片（註三）。

婆婆並不一定了解所謂的文物保存或文人講座的重要，但她一向支持好的、有意義的、對社會有益的事，而對於我的建議，永遠都是支持與鼓勵。

有些人對宗教獻金很大方，多半帶有為自己的來世造福，或庇蔭後代子孫的目的。婆婆的心胸視野既寬廣又開放，她總是捐助給孤兒院、學校，或是文化學術研究。這是洪老先生夫婦的遠見與魄力，從事社會公益事業，不僅為企業帶來利益，也為整體社會厚植文化基礎。

阿嬤的話

富從升合起，
貧因不算來。

投資理財見好就收

婆婆非常節儉，算術也好，從小對數字很有概念，加上她在企業內協助丈夫創業，是一位有「出入內外」、見過世面、人情練達的人。婆婆的聰慧使她對周遭獲知的資訊很能把握，所做的適度投資或購置房地產也都能獲利。早年（一九六〇年代）她就用她的私房錢在南京東路、中華路、板橋一帶買房地產。她說：「這是我標會累積起來的，我要給女兒、媳婦……」

她的投資從不是為了自己，都是為她的子女、兒孫，對一些經濟條件弱勢的親戚，也會給予適度的幫助。她也曾有股票交易的經歷，我記得一九九〇年底，台股飆上近萬點時，就在大家都覺得盤面還大有可為、會繼續上漲之際，她卻賣掉手中持股，獲利了結。沒多久股票下滑，她是少數沒被套牢者之一，還賺了一大筆。她說：「因為我不貪，有賺到就好了，不必賺那麼多。」

這是她個性上的優點：不戀棧、不貪心、見好就收、即知即行、不會拖拖拉拉！

七十六歲那年，她動完腦部手術後，便把自己名下的股份放到母公司去。九十歲時，對自己有多少現金、多少股票，股票每年分紅多少，她都還記得分明。

她喜歡熱鬧、與人在一起，喜歡出去請客吃飯，喜歡送人家東西。她說：「我有錢啦！很多，用不完。」所以她一直在給、給、給……

她對自己的財產清清楚楚，一點都不含糊。至於孫輩的結婚禮金她也準備好了，十五位孫兒女都發出去了，雖然有幾位還在就學，距結婚尚早。她說：「現在都一起送他們，比較公平，免得以後錢不一樣。」哈！她真是周到又深謀遠慮。

兩、三年前開始，因為年事已高，她才請助理幫她記帳及處理銀行帳戶，但她對每一筆帳目的進出都知道，支票也是親自開立。

我記得她最常說的一句話：「我這一生真滿足、真幸福！大家都對我很好。」其實是她對人好，一心想著別人的好處，很智慧地處理自己的人際與財務。

∞

靜惠的話

在富有的家庭裡，給孩子留一百萬不稀奇，但若把一百萬獎賞員工或捐給弱勢團體，將帶給他們極大的快樂與滿足。

實踐以教育文化為終身職志的理想

當年公公任命我為財務經理時，我娘家的人都笑成一團，他們都說我這個對數字不清楚的讀書人，怎麼擔任這個職務？尤其是我的父親，他一直認為我是個只會讀書、不懂人情世故、大而化之的女孩，一定無法勝任掌管財務的工作。

當時有一齣丁強主演的電視劇「糊塗經理」，也成為家人拿來取笑我的話題。其實他們錯了，大學聯考時，我可是靠數學得高分才進台大的，這表示我有潛力。大學選讀文史科系，沒想到尚未畢業，因緣際會地受邀去建國中學當歷史科的代課老師。這個決定有點膽大且不自量力，但我也發現我個性裡的衝勁、勇敢，以及善於把握機會的特質。

因著這個機緣，我決定走出歷史專修，出國修習教育碩士學位。沒想到，結婚回台後進入家族企業當上財務經理，然而這樣的人生走向也不致難倒我。我生長在小康的商販之家，從小就被要求幫忙店務，寒暑假都要在自家的工廠打工，大學一年級起，即和大姐分管帳冊。我的父親認為，孩子不僅要分擔家務，也要懂得家裡的生計及社會民生百態。

這是我的文具盒，亂中有序。

雖然很早就被訓練要理解「生計」，但我們家的兄弟姐妹卻對營商沒有興趣。我的父親其實也是藝文的愛好者，我的大姐簡宛自幼就有「大葡萄」（大文豪）的外號，我也是進入文學院又出國進修教育。但潛在的商務數字觀念還是有的，為做好我的工作，我去上了很多企管、財務、人事管理的課，雖不是做得那麼完美，但也算稱職。

那些年在企業界的實務經驗對我來說非常重要，但我並沒有順著這樣的安排而去做金融投資、購屋置產等發財致富的事。反倒因著洪老先生的事業有成，而有取之社會用之社會、成立基金會的意願，我自動請纓、一頭栽入，實踐我以教育文化為終身職志的理想。

當年我當上財務經理，其實沒什麼功勞，都是靠副理與員工的協助。我公公說：「你只要把員工管好就好了。」在家族企業裡，「信任」比「專業能力」重要，我很早就看清這點。這也是後來敏隆去世後，我即不願再擔任此職的原因，基本上我相信並尊重專業。

在職場上，我比較重視員工的精神及家庭層面。好比年終的尾牙聚餐，我請婆婆剪布料當禮物送給幹部的太太。當年成衣不普遍，流行到布店剪布做衣服，這也是我婆婆的強項，她的眼光好又大方。偶爾碰到以前老同事的太太，還會跑到婆婆面前說：「董娘，您以前剪給我的衣服好漂亮！我到現在還穿呢！」

年終公司有盈餘時，大都是洪老先生與他的兒子們商議分配，也在稅法允許下依照計畫捐贈給基金會。我會建議多撥一些經費給員工當獎勵金。我的理由是：自家兒子已擁有很多了，這多發的獎金對員工受惠更大，內心的感激更多。欣喜的是，公公多半都採納我的意見。

的話
靜惠

顧及弱勢的人及團體，想想與我們一樣努力的人，不一定有如我們的幸運，可得到如此的榮耀與利益，所以要多為他人著想。

我用生命做公益

我自知財務觀念不如婆婆精細，我在她身上雖然學到如何打理自己的帳務，但我不願將時間花在細麻的記帳事兒上。我婆婆對數字很敏銳，可以一眼看出哪裡有問題。有一次我出國較久，便請婆婆替我看一下私人帳目的進出，竟然就被她發現帳冊上的數字出問題，讓我佩服不已。我的財務觀念是：掌握大原則與方向，找個可靠的人幫我管理。人各有所長，只要把人放在對的位置，每個人都可以有一片天。很幸運的，我的人事宮不錯，都有很好的人幫忙。

敏隆去世後，我重新選擇自己未來的生活重心及定位，放棄國際電化母公司的營運主權，專心經營基金會。感謝洪老先生及敏隆的遺愛，我很快處理好敏隆的遺產，該繳的遺產稅我一毛不減，在一年半內繳納完畢，我不想花太多時間拐彎抹角去想如何節稅的事。遺產稅繳清後，我將敏隆留給我的有形無形的「遺愛」都捐給洪建全基金會。我不想另立新的基金會，所以在基金會內設立敏隆基金，購買會址設敏隆講堂，並舉辦紀念講座迄今。

我跟基金會的同仁說：「我把自己的身家性命都投進來了，將全心全意做對社會大眾有益的事。希望大家幫著我，也幫你們自己，一起來回饋社會。」

敏隆過世後，曾有他的友人好心找我投資做生意，國際牌的同事也勸我留在母公司繼續經營，我說：「我不做了！賺小錢，我看不上眼；賺大錢，我沒那個能力，我要回到教育的工作上。」

敏隆講堂一景。

敏隆過世迄今已二十多年，證明當年我的決定是對的。若為了想多賺一些錢，引出來的麻煩事會更多，要花更多的精力才會擺平。而朋友之間很難共事，家族企業我只做配合的角色，絕不強出頭。但是我支持親戚、晚輩的創業或急需，好比攻讀學位時給予必要的幫助。我給獎學金的原則是：照一般的申請程序，每年提成績寫檢討報告，獎金不必還我，等以後有能力時再幫助別人，把助人精神傳下去。

我時常以我婆婆做為借鏡，反省也自覺自己的年紀，彈性且靈活地思考外在環境與內在身心的轉變，並在生活上調整腳步。我要以我的「有」——身心靈各方面有形無形的擁有，愉快並有意義地運用在今後的每一天。

註三：「洪游勉文學講座」DVD（台大出版中心出版）的十六位主講人和講題：

林文月　「最初的讀者」

瘂弦　「我是怎麼寫起詩來的」

葉維廉「我的文學自傳」
王文興「我如何寫小說」
隱地「一個文藝青年能做些什麼，一個文學出版社能做些什麼」
鄭清文「小說與我」
小野「電影與文學間的曖昧關係」
陳若曦「生活與寫作」
白先勇「從台北人到青春版牡丹亭」
張曉風「觸機」
商禽「顛躓在詩路上的扁平足」
杜國清「我的詩路歷程」
葉維廉「神思的機遇」
管管「管管腦袋開花」
李喬「長篇小說自剖」
汪其楣「在舞台上尋找女性角色」

第九堂

面對身體疾病，隨順隨心

要多笑，笑笑福氣就來了。

阿嬤的話

〈要多笑，笑笑福氣就來了。〉

一九九三年，當時婆婆七十六歲，仍是台灣松下的董事長。有一天，她走路時絆了一跤，沒過幾天，又在家裡的廚房扭到了腳，這是很少見的現象。婆婆身體一向硬朗，走起路來都是挺直著腰桿，從沒見她彎腰駝背過。當時大家都以為是筋骨出了問題，便想帶她看骨科醫師，還好小姑美惠的先生陳勝雄是醫生，他說老年人跌倒不一定是筋骨問題，最好找腦科醫師做掃描檢查，結果真的發現她的前腦長了瘤，要立刻開刀切除。

我們全家人都很擔心，立刻安排我和美惠陪著阿嬤，到美國北卡羅萊納州的杜克大學醫院住院開刀。整個過程非常順利，不到兩個月，婆婆就康復回台灣了。

阿嬤的話

〔我的腦部開過刀，不愉快的成分都割去了。〕

安靜地面對疾病

那年我還在慈濟護專（現為慈濟技術學院）教書，立刻向學校請假，本來預計去日本參加ＰＨＰ素直友會大會的，當然也不去了，十萬火急地即刻出發。在洛杉磯停留的那一晚，婆婆已有些恍惚狀態。一向獨力生活的人，進到浴室後，竟不知所措地磨蹭了二十分鐘還未出來，後來是我進去幫她洗澡的。果然一到杜克大學醫院，佛利曼醫師（Dr. Freeman）立刻讓婆婆住進病房，安排開刀，雖然那天是週六。

佛利曼醫師是杜克大學醫院著名的腦科權威，醫術高明，開刀從未失敗。一般人腦部動刀之後，都需住上三天的加護病房再轉普通病房，而婆婆不到二十四小時就清醒正常，入住到普通病房，接著不到兩週就出院。以婆婆如此高齡，又可以在這麼短的時間內康復的病人，倒真是很少見。一直到現在，佛利曼醫師都稱阿嬤為「super pretty lady」（超級大美女）。

住院期間，佛利曼醫師常帶著一大群實習醫師巡視病房。為婆婆檢查時，醫生們拉開被單，只見躺在床上的婆婆，穿著一套她自己做的中式睡衣，一絲不亂、平平整整的躺著。醫生們目瞪口呆地讚嘆：台灣的女性都是這般規矩，連生病、睡覺都不會亂動嗎？

那可不一定！只有我的婆婆才會如此儀容端莊，不隨便亂動，即使生病也都謹守禮儀，給人家留下好印象，不讓人「見笑」。

婆婆身體一向很好，極少看她臥病在床。她說是早年家境不好，要不停地勞動做事，才磨練出一身好體力。中年以後，她開始打高爾夫球，要早起、走路。時常保持運動的她，身形體態看起來都比同齡的人年輕許多。

起居正常，飲食清淡

婆婆的養身之道，不是靠著昂貴的食補，而是起居正常、飲食清淡，絕不暴飲暴食。每天一早，她穿戴整齊在辦公室坐鎮，我很少看她睡午覺和吃補品。國際電化大樓剛蓋好時，我與婆婆的辦公室都在四樓，有一道小門可相通，也有專用的盥洗室。有一回，我看見她在小盥洗室內用電鍋燉東西，我好奇地問：「這是什麼呀？為何不請廚房的傭人做？」

婆婆說：「因為眼睛長年看報表數字，傷了眼力，有人建議這帖藥方，用乾鮑魚燉煮冬蟲，我想試吃看看。」但她不想驚動別人，便自己默默地做來吃。

這就是婆婆的個性，她不僅不會擺出「董娘」的架勢來使喚傭人，也不會撒嬌誇大地將自身的病痛大聲嚷嚷，引起同情，顯耀自己的權威。

婆婆對待自己的身體，也如同她的個性：謹慎、細心、用智慧，不會人云亦云、亂吃亂補。有一陣子，我公公對我說：「妳媽媽天天在吃草，怎麼受得了？」

原來婆婆是為了預防體內尿酸值增高，便遵循醫師的指示，從食療開始，盡量不吃高蛋白食物，而以生菜水果取代。於是，她每天的午餐就是吃上一大盤蔬菜，所以公公才會說她在「吃草」。這是三十多年前的往事了，那時的蔬食觀念並不普遍，婆婆卻可以為了健康，硬是吃了半年多的生菜，有效地控制住尿酸指數，而不必吃藥了，真是有決心與毅力。婆婆一旦有想做的事，就會全力以赴去達成，當真令人佩服。

可是很奇怪的，高齡後的婆婆反而不愛吃青菜，她可以一頓吃上五塊雞肉，卻不碰青菜。可能是當年吃怕了，也可以說她現在活出了本我來。

阿嬤在阿芬的店吃著造型可愛的甜點。

二〇一〇年七月下旬，我帶婆婆到佛光山的金光明寺參加全民閱讀博覽會，婆婆是當天最年長的讀書人。她笑瞇瞇地揮揮手說：「大家好！」大家都圍上來跟她握手，請她簽名。沒多久，婆婆就因皮膚敏感住進醫院。

阿嬤的話

我最富有，也最幸福，因為大家都對我很好。

成功老化的典範

婆婆先是皮膚敏感住院，之後又因腦部手術後，長期吃抗癲癇藥物引起皮膚敏感，嚴重到轉成「史帝芬強生症候群」（Steven Johnson Syndrome），全家緊張得不得了。婆婆在整個治療過程中，仍以她一貫的安靜沉穩，配合著醫師的指示。曾經有一度，她的皮膚及黏膜高達百分之三十二都被感染需包紮，屬重度敏感而有生命危險，住進台大醫院皮膚科加護病房。每逢換藥或治療，婆婆都全力配合，頂多只是用日語喊「いたい」（痛），沒有抱怨也不會發怒，見到醫生就連聲說：「謝謝，謝謝！」還直誇護士小姐「真水」，好可愛。

住院中的婆婆依舊很優雅、很安靜，「不吵人」。所有的醫療照顧有醫生及看護，所有家人也全心全意地守護。但很明顯的，她是漸漸地走向「老化」了。

自二〇〇七年起，我已開始在基金會推動「成功老化關愛行動」，學習到許多可幫助自己、也幫助老人的保健觀念。現在正是時候，讓我與婆婆一起來面對學習「成功老化」。

我每天到醫院去，負責與她講話唱歌，婆婆的身體雖在病痛中掙扎，但腦筋仍然活絡，而且動腦筋也可引開疼痛的注意力。我與她一起回憶她的小時候，談起她的老師：「游阿喜，打人不驚死！但他最喜歡我，我年紀小、個子矮、算數好，老師出門都會帶我去……」

阿嬤得意地沉醉在她的童年甜美回憶中，她的優秀氣質在小學時即已顯露，但這也是阿嬤的痛：「沒能繼續升學受教育。」

我努力地走入婆婆的記憶裡去挖掘，也把我熟悉的中和枋寮街坊鄰居、親戚都請出來講話聊天，她的眼神閃爍滿臉笑意。記憶是一個人深沉價值的寶藏，我幫著阿嬤找回來整理，拼湊出生命裡最真實單純的片羽。

我說起我的母親與她二人早年的行徑，她們一起共度的少女時光，以及我嫁入洪家後，婆媳二人一起唱〈白牡丹〉、〈望春風〉的情景。我提一句，她想下一句。我也以阿嬤最拿手的包肉粽或辦桌，請她用腦筋想著一起上菜市場，去買菜、配料、做菜……還蠻好玩的，病床上的時光竟不寂寞。陪伴養病的那段日子，沒有悲情，沒有感傷，我們用生命的熱度去溫暖彼此的心，也讓她人生中甜美無邪的時光在病房中再現，讓她人性中最純真的那一面展露出來。

心美 人就美

婆婆住院期間，所有來探病的親戚朋友，就連醫院裡的醫師護士都好奇地問：「阿嬤的皮膚這麼粉嫩細緻，怎會這樣美呀！是用什麼化妝品呢？」婆婆會開玩笑說：「我搽ＳＫⅡ呀！而且還用喝的！」

其實婆婆很少用化粧品，她最愛用「雪文」（肥皂）了。孫兒女們每見到好香好美的肥皂，就會買來送給阿嬤，婆婆就用來洗臉、

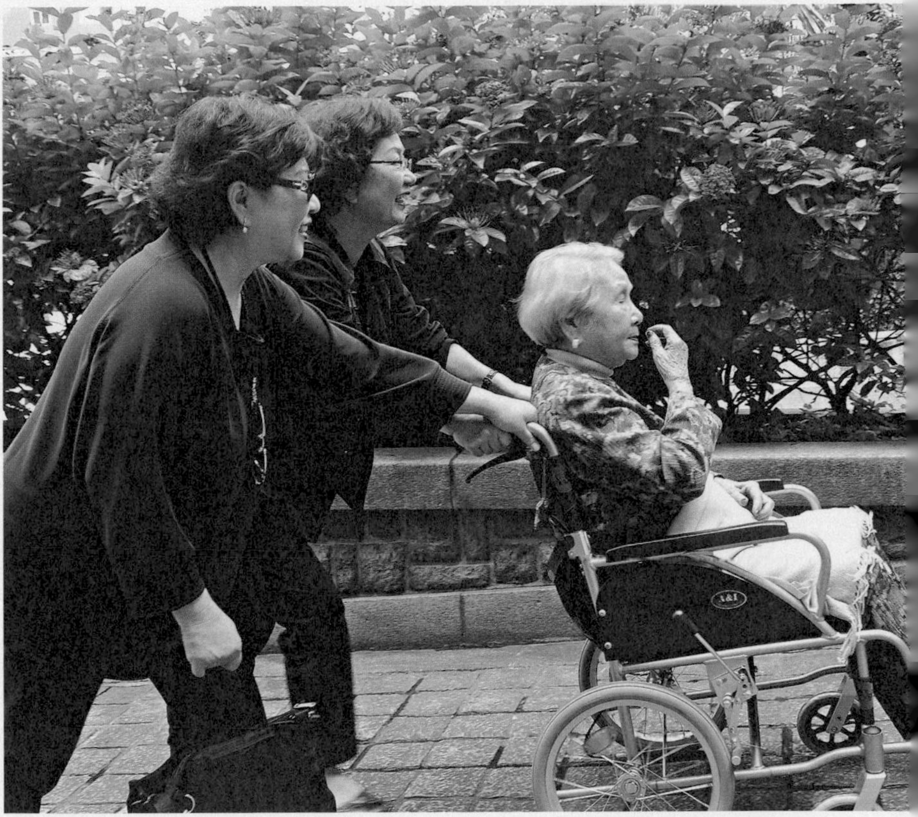

我與慧珠推著阿嬤走在微斜的上坡路。我們說：「圓仔花嘸啐醜！」阿嬤說：「大紅花醜嘸啐！」

洗澡。二〇一一年我到黎巴嫩參觀肥皂博物館，才知阿拉伯人愛乾淨、愛洗澡，是洗浴文化的發源地，而其講究程度影響遍及全球。肥皂的阿拉伯文「Sabon」與台語的「雪文」發音一樣，聽到時立刻就想到婆婆，倍感親切。

這些年來，阿嬤常開玩笑說她愛用SKⅡ，皮膚才會這麼細嫩，其實婆婆最愛的還是用「肥皂」洗臉、洗身、洗衣服。這種固守古老簡單的生活細則，在阿嬤身上比比皆是，比如她愛穿老式訂製的馬甲式內衣，使用手帕，自己縫睡衣……透露一個小祕密，阿嬤穿的「馬甲式內衣」有四十個釦子，她到九十三歲還可以自己扣。她的祕訣是先扣中間的那一顆，然後再分別往上扣、往下扣，一釦不亂，速度很快。

阿嬤的話

莫笑他人老，終須還到老，
但能依本分，終須無煩惱。

回歸到人的本質——素直心

有一天，我到和信醫院看婆婆，那天天氣晴朗，我想帶她出去走走，到陽明山或關渡公園都好。我說：「媽，我們出去玩玩！」

「好呀，幫我換上外出鞋。」

等我到護理站請假外出時，卻被拒絕了，因為出外怕受到感染。我很失望，爭了半天也沒用。「媽，不能出去了，醫生不准。」

「好，幫我把鞋子換成拖鞋。」

婆婆沒有抱怨，也沒有失望的表情，只是自然的全盤接受。這就是佛家講的：「隨順隨心！」

這麼多年來，我以「素直心」來推廣讀書會，素直就是真誠純樸，不以己意或特定的希冀去要求、去期待。松下幸之助說：「素直就是下雨了，把傘打開。」如此自然的順應環境。阿嬤的「把鞋穿上、換下」，不就是素直的寫照？學了半天，原來老師就在我身邊。

松下幸之助題字「素直」。

生病後的婆婆的記憶回到了小時候，越早的越是記得。她最記得幾個兒子、女兒的名字，再來是媳婦、很親的親戚、結拜的十二姐妹……

每個人到她面前都要問她：「我是誰？」她看了，有些人叫得出名字，有些人她會說：「忘了，不記得了！」但她的儀態禮節並不失落，有客人來探望，她會請人坐下，請人吃東西。有一次我們到她的辦公室錄音採訪，文娟帶了蛋糕來，她急著要打開來吃，一面說好吃，一面還不忘也請在座的朋友吃。她彷彿回到了童年時候的無拘無束，任著自己的感覺走，可是做為一個人的美好本質和禮數還在，正是所謂的返璞歸真吧！

∞

靜惠的話

〔了解自己身體的先天遺傳基因，接受它並努力克服之。〕

安排生活次序，愛上運動

我的身體其實不如婆婆好，我們簡家有家族性高血壓及潛在的糖尿病基因。我小時候一直很瘦，直到婚後才慢慢胖起來。敏隆過世後，我的身體變得更差，很多毛病都出現了，先是膝關節腫大，接著是十二指腸潰瘍、出血。折翼之慟加上工作與家族諸多有形無形的壓力，可以把一個健壯的人壓垮，更何況我本身的底子就不好，更如雪上加霜。

從小父母親給我的觀念是：讀書和工作才是正事，所有運動、娛樂、遊玩都不能當正事，要在讀書或工作做完後才能做。即使為了身體健康，也不敢把運動或玩樂掛在嘴裡。

敏隆過世後，許多好友都勸我要把身體顧好，不要再每天只是工作，運動很重要，而且孩子都出國念書，真的要好好思考怎麼過生活。

於是，調整心態並改變生活和工作方式，是首要之務。我要回到自己的興趣理想，不再被諸多外在形象所束縛。想清楚後，我訂出計畫表，安排優先次序。以前工作時如此，生活中也一樣，我的孩子從小也被我如此要求。裕鈞有一次跟我說：「我現在沒有訂計畫就不會過日子。」哈！我心裡偷笑，當真母子同心。

首先，我重拾打高爾夫球的興趣，參與球隊也主動號召同好組「素直高爾夫球隊」，打球也不忘讀書。打球時話題很難拉到書裡，我本著愛書人的天性，每月介紹書給大家回去讀，或是我就先讀，再「說」給她們聽。

我也練過太極拳，每天清晨五點半到國父紀念館跟著教練學，連續打了八個月之後就上手了。有一年（一九九五）我到美國探望于倫，她剛從哥倫比亞大學取得碩士學位，在紐約邊上班邊攻現代

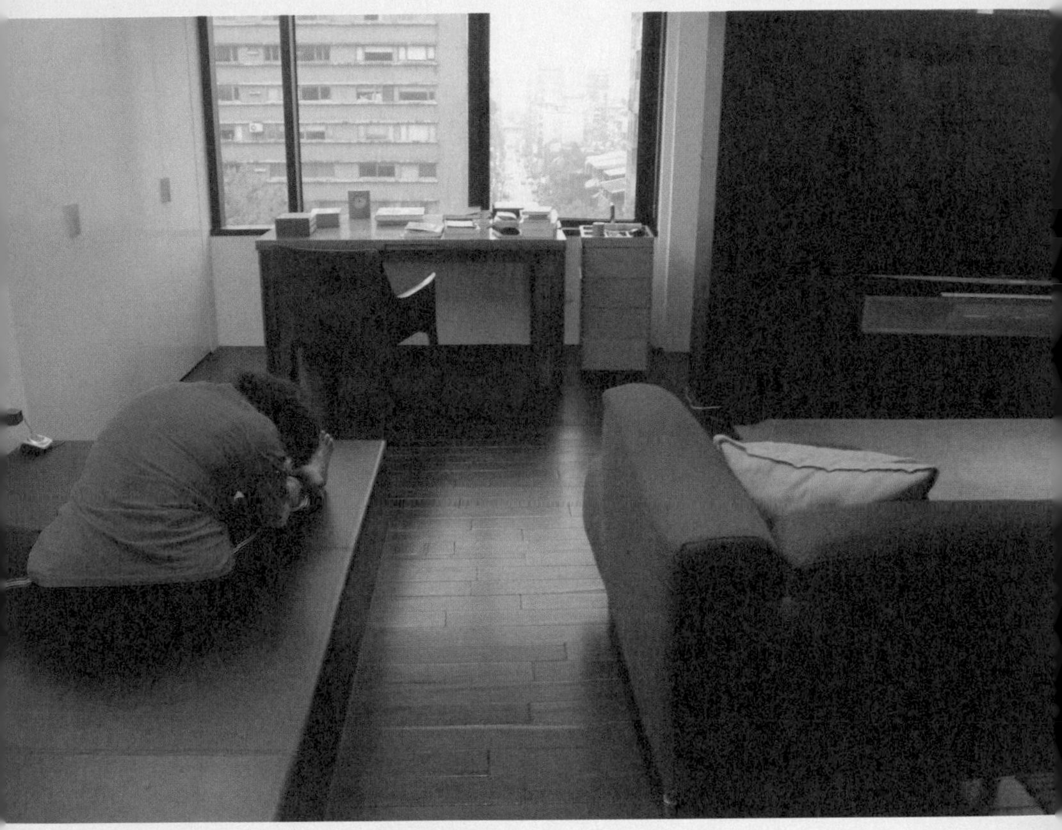

每天在家做五十分鐘的健身操，享受運動健身的樂趣。

舞。她與朋友編了新舞「Behind the Mountain」，在哥大的十字路口練舞，我陪著他們一時無聊，也在旁邊的草地上打起太極拳。現在想來，真是很美的回憶。後來因為年歲大了，膝蓋容易受傷而停止打拳。

六十歲還曆時，我決定學游泳，也召集一群好友請教練來教，我們這群老太太們學了很久都學不會，好幾位打退堂鼓放棄了。我卻不死心，邀鄰居幸枝一起加入仁愛國中晨泳會，每天游每天游終於學會了！如今我每週游泳二到三次，如魚得水，很是快樂得意。

運動是我目前生活的最優先。我的運動很多元：打高爾夫球、打太極拳、走路、游泳、騎飛輪、練瑜珈等等，每天都要運動至少兩小時，彈性地因著時空環境不同而變化，不拘形式「就是要運動」。我隨著現實狀況調整運動型態，比如我最近做了白內障手術，便每天上午在家做五十分鐘的健身操，非把自己弄得滿頭大汗才罷休。我真正在運動中享受著無比的樂趣。

靜惠的話

〔運動和讀書是最好的良藥，持續養成習慣並喜愛它，隨著歲月調整型態及內容。〕

心境上真正的放下

我有早起晨讀的習慣，閱讀的範圍很廣，幾乎什麼書我都有興趣，只是我以輕鬆的心情來讀，不是做學問般的那樣慎重。我的讀法很隨性自在，常是多管齊下，幾本書在一天內的不同時間裡階段交錯著讀。我在基金會的網站上寫「簡靜惠讀遊園」，我翻到二〇〇六年有一篇〈我愛金剛經〉：

……這一陣子，我將佛經與文學交融。早晨，我讀一小時佛經，一小時文學書。我讀《金剛經》、讀楊牧的《奇萊前書》，配合張惠菁的《楊牧傳》，兩書穿插交錯著讀，其樂無窮。

六月間，當我讀《楊牧傳》時，看到這首〈和棋〉：

……然則　無與有之間局面
已巍巍成立　黑子和白子
慵懶相違　互相規避
有色與無色　有想　無情
如一本金剛般若波羅蜜經

映照我現在心境，與之前努力追求的閒棋心情，自以為心中連閒都不住的執著，是不太一樣了！

我在書海裡優游，對人生世間事的寬廣深邃已了然，內心裡透剔清澈，體會「放下」、「無欲」、「無所求」的深度愉悅。

推動成功老化關懷計畫

二〇〇六年，那年我六十五歲，拿到敬老卡後，我把眼光從職場上拉到市井巷弄，散步、坐公車、搭捷運、逛傳統市場，我盡情享受做為一個資深市民的生活趣味，並樂在其中。

我再度調整我的生活次序：運動、讀書、工作、娛樂。也立刻實行「減一點」計畫：飲食減一點、酒量減一點，要讓體重減一點。所謂「千金難買老來瘦」，很多身體上的問題都出在吃太多、太胖的緣故，我深知其理，也努力貫徹。

台灣已進入高齡社會，將心比心，於是我在素直友會號召志工，一起推動「成功老化關懷行動」，從觀念的建立做起，舉辦保健身心靈講座，成立關懷家族讀書會，分享養心、養身、養生之道。繼而鼓勵素直友會及社會大眾關心自己和身邊的人，由自己做起，再到家庭、社區。我加入婆婆的「十二姐妹會」，協助阿姨們每月一次的相聚，也陪伴婆婆講話唱歌，踐行在生活中。

我一直深信，心存善念加上行動力，就會心想事成，也確實印證在生活中。我的信條是：天天讀書，天天運動，天天工作，天天快樂，善盡做為公民的責任。

第十堂

擁有像花一樣美麗的晚年

能給才是福，有心就有路。

阿嬤的話

﹇能給才是福，有心就有路。﹈

婆婆八十八歲時（二〇〇四），我把《國際牌阿媽的故事——洪游勉傳》編寫成一本畫冊，配上〈白牡丹〉歌曲，來說唱阿嬤的一生，呈現她的晚年生活，取名為《彩繪冬之美》。這年，小叔敏昌的外孫女出生，婆婆升格做「阿祖」了，全家人熱鬧歡騰地圍繞在她身邊。她常說：「我的一生真幸福、真滿足，大家都對我很好。」刻苦的童年，一點都沒有在她生命裡留下陰影，我開始更貼近地欣賞婆婆的人與生活。

二〇〇六年，婆婆九十歲生日時，我們為她辦了一場為期兩天的「花樣年華生日宴」，兒孫們都說阿嬤就如青春的花朵一般，美麗又多姿。我們要求當天到場的貴賓，都要佩帶著花來出席壽宴，展現繽紛花樣的歡愉。

〔每一天都是好天，
每一日都是好日。〕

阿嬤有三容

婆婆生日的前一天，我們在台北的佛光山普門寺為她辦一場祈福法會，為婆婆暖壽。當天親朋好友來了近百人，一起為婆婆誦唸《藥師寶懺經》，既莊嚴又歡樂。這些人有國際電化公司的老同事、讀書會的朋友、普門寺信眾……大家都帶著祝福的心情，歡天喜地來為阿嬤祈福添壽，隨著磬聲誦唸經文，心中充滿法喜。

下午的暖壽活動，由素直友會及人間佛教讀書會提供表演節目，有：歌唱喜哈佛、幸福是什麼、日本舞「花」，以及花樣年華時裝秀。大家還合唱〈白牡丹〉、〈青春〉等歌曲，真是一場歡喜的演出。那天婆婆好開心，一直笑得合不攏嘴。

阿嬤九十壽宴，洪家全員到齊！（簡靜惠 提供）

隔天是婆婆的真正生日，除了洪家家族，我們邀請了婆婆生活中最親近的朋友，有陽明山竹子湖土雞城的阿芬、高爾夫球場的鳳珠、布店的阿瑞，還有相交五十年的十二姐妹、老同事、兒孫輩的朋友們，婆婆幾乎可以叫出每一個人的名字。她喜歡看到人，最愛和大家歡喜地共聚一堂。阿嬤說：「九十耶！一個人一生只有一次九十耶！」

國際佛光會祕書長覺培法師歸納阿嬤的美德有「三容」：

一是笑容，阿嬤永遠笑瞇瞇的，她常說：「笑笑，福氣就來了。」

二是內容，阿嬤是個有內涵的人，也懂得轉換角度思考，口語敏捷，出口成章。她的名言：「好的放心頭，壞的放水流。」引人深省。

三是包容，阿嬤的一生很坎坷，但她對人、對事卻給予寬容心，日日是好日，事事是好事。

二〇一〇年八月到十一月間，婆婆得了「重度皮膚過敏」，在台大及和信醫院進出多次，嚴重到幾乎要發出病危通知了。婆婆以她一貫的「素直」、「順受」度過難關。「心無罣礙」（當年星雲大師送給婆婆做為生日禮物的字），正說明了婆婆的身心修養已至化境，也是她性格最真實的寫照。

阿嬤的話

這世人，我都不欠別人，我感覺很爽快！

「心無罣礙」全然放下

婆婆生日過後，洪家三兄弟敏弘、敏昌、敏泰與我，約了幾位好友，陪婆婆到老淡水球場打了一場高爾夫球，創下球場最年長的女球友打球紀錄。一直到現在，球場的人都還津津樂道婆婆帶給他們的溫暖。我每次去，桿弟們也都會問候婆婆的近況，她的好人緣，連我都沾光呢。

九十歲過後的婆婆，身體逐漸走下坡，她開始交代各項財務的處理方式，也不太過問家裡的事了。歲月變遷，洪家的孩子們紛紛獨立發展，早年洪家共同居住在淡水老家的熱鬧情境也不再有。一九八六年公公過世後，婆婆大部分時間都住在博愛路的國際電化大樓裡。那棟曾是洪建全老先生一生最大驕傲的老家，變成了空巢。我雖曾將之開放做為「洪氏藝文之家」，畢竟能力有限，沒能繼續。

二〇〇七年左右，淡水老家因為地產的發展改建而要搬遷，我放不下早年全家人住在一起的溫馨記憶，那一草一木、一屋一瓦，都有我親手澆灌的痕跡，讓我有許多的不捨。為了留下紀錄，我用整理保存的方式，出版了一張「紅樹林之歌」紀念光碟（二〇〇九）。沉浸在不捨情緒中的我，卻看到婆婆很淡然地接受這一切改變，讓我有著另一番反思：原來她對人事物的無常變化，早已了然於心，「不以物喜，不以己悲」。對照我的小兒女情懷，婆婆更顯得清朗淡定。然而我也慶幸，因為我的念舊惜情與行動，終能留下美好動人的記憶，那也是生命價值的另一番呈現。

阿嬤的話

我現在是人生的冬季，但是我的冬天很溫暖，充滿了鳥語花香。

讀書的美好時光

二〇一〇年的一場重病，婆婆的行動不再敏捷，也已不能自行走動了。住院四個月後，婆婆回到博愛路重新裝修好的辦公室兼住家。經過休養後的她，身體漸漸好轉起來，又過起她一貫安靜自在的日子。

平安

我時常會帶著幾冊故事繪本和日文詩集去看她，她總是迫不及待地坐在起居室書桌前就要讀起來，一邊翻著書，一邊開心地說：「這本是《明月光》（註四），有圖嘛有詩句，字體大，插圖真水呀！」

婆婆拿著看書的放大鏡，心無旁騖的、一字一句的讀，她可以讀漢文及日文，一定要讀完整本書才停止。接著，我拿起一本日本百歲老人柴田豐的詩集《くじけないで》（註五），婆婆的啟蒙語言是日語，我也正在學日語，兩人一起大聲共讀：

くじけないで（別氣餒）

ねえ　不幸だなんて
溜息をつかないで（你呀　別再說苦嘆氣）
陽射しやそよ風は
えこひいきしない（不幸的事　陽光或和風不會偏袒）

夢は
平等に見られるのよ（夢　人人可得之）
私　辛いことが
あったけれど（我　曾有過不幸的事）
生きていてよかった（但覺得活著是好事）
あなたもくじけずに（請你別氣餒）

我知道婆婆將逐漸老去，她安靜地「坐在人生的邊上」（楊絳語），雖然不能如文人般訴說出自己的感懷，但她沉靜泰然，曖曖含光中，以智慧引導著我們。

∞

靜惠的話

〔對人生要透剔，每天都要認真過。〕

「一本真情」、「當下認真」

二○一○年十二月，我的兒女們為我過七十歲生日，他們以「Talking Tree」為主題，呈現出一個「混搭」的生日宴——在西式的牛排館裡，加上台日式的那卡西樂團。

當晚宴會的主持人是林志冠，開場時開了個玩笑說：「今天的壽星不像有七十歲，大概只有五十歲吧？」我當然同意，也讓當天的賓客一起減「二十」歲。

這年，我參與皇冠小劇場舞蹈作品「橄欖樹」的聲音演出，我的兒女們稱之是一種「既成熟又俏皮」的聲音，也是他們媽媽的寫真。

「Talking Tree」是兒子裕鈞的創意。他說：「我的媽媽以及她的

七十歲的生日禮物是一櫃子的書，親友們寫下他們的祝福及要對我說的話。我每天看著，沉浸在濃情與書香中，真是幸福！

經濟學的世界
THE COLOURS OF TAIWAN
NIEBORÓW·ARKADIA
火旁的
水城臺北
並行與弔詭
沉思錄
後美國世界
並行與弔詭
ONE FLEW OVER THE CUCKOO'S NEST
爬野樹的人
八十年代
時光中的

朋友、同事、讀書會會友們，包括基金會所推動的各項活動，就像是一顆顆『Talking Tree』的善念種籽，散播在社會各地的許多個角落，這些種籽已經長大、成樹、成林……」

融合著種籽和橄欖樹的意象，會場以一株芳香四溢、花開滿枝的桂花樹為主視覺，在樹的四周堆滿了書，象徵希望的種籽在此聚集、成長、延伸，即將要長成一株 Talking Tree 的大樹。

我邀約我的親戚、鄰居、新舊同事、講堂老師、讀書會志工、打球玩樂的朋友，我希望他們都「帶一本自己喜歡的書」當生日禮物送我，也邀請他們跟著我一起贊助「台灣關愛之家協會」。

在西餐廳唱那卡西，賓客也來自各方，這是一個混搭、歡樂、溫馨，又令人懷念的夜晚，也是我人生中「喜愛分享」的縮影。我本著「一本真情」，也努力「當下認真」。

最大的收穫是當天參與生日宴的朋友們送我的書，我在家裡特闢書櫃置放。這些書都是兒女、親戚、朋友們以他們的愛好送我的，所以各個領域都有。接下來的一年，我就可以每天優游在朋友的溫情及浩瀚的書海裡。人生還有什麼比這更幸福的？

靜惠的話

快樂的讀書，持續的運動，認真的生活，擁有成功老化的觀念並力行推廣。

說寫生命的故事

生日宴後，我把這個「Talking Tree」的構想帶到二〇一一年素直友會的年度計畫裡，由各讀書會發動會友，一同來說（寫）出內心的感知與生命的故事，還可運用現代科技——電腦來寫作與傳輸。透過說與寫的過程，不斷地回顧與統整自己的生命歷程，一則可以提升自我的生命價值，二來也可創造更多的意義回饋社會。於是，「說寫生命的故事」（The Talking Tree Projects）的構想就這樣衍生出來，那將會是一顆顆的種籽，發芽、茁壯、結果……進而形成一大片樹林。

二〇一一年十二月，在基金會的「覓空間」，有一個月的時間展出會友們寫出的「生命故事」，或寫，或畫，或攝影。這又是我將生活與工作相結合的證明。我運用生活周遭的創思美意，加上資源與行動力，逐漸將一樁樁計畫付諸實現。

不忘初衷，堅持公益

二〇一一年也是洪建全基金會創立四十週年，一向堅持非營利文教事業的本質，累積了許多推動與贊助藝文活動的痕跡，期待可以整理並蒐集這些故事，產生砥礪與鼓舞的作用。我用「不忘初衷，堅持公益」做為主調來慶祝（這也是基金會的宗旨精神）。基金會謹守非營利機構的立場與使命，長期耕耘不求近利，並以開創性的文化播種，引進時潮新論。基金會如同我養育的第三個小孩，每有新的計畫要開始落實，我就像陪伴親骨肉般地伴隨，也因為這樣全心全意地投入，使我的生命豐富而圓滿，不僅成己也成人。

這本是我媳婦淑征送我的書《*Urban Interventions*》，扉頁上寫著：「都會空間給人的靈感，既成熟又俏皮。Enjoy!」

回觀到自己，我已來到「七十而從心所欲不踰矩」的階段。我奉行：身心靈健康原則，希望：天天讀書，天天運動，天天快樂。與天下人共享。

註四：《明月光》，格林編輯部編著，何雷洛（Javier Zabala Herrero）繪圖，二〇一一年七月格林文化出版。

註五：《くじけないで》，柴田豐著，中譯本《人生別氣餒》二〇一一年五月台灣東販出版。

國家圖書館出版品預行編目資料

寬勉人生：國際牌阿嬤給我的十堂課／簡靜惠
著. -- 初版. -- 臺北市：遠流，2012.01
面；　公分. --（綠蠹魚叢書；YLK30）
ISBN 978-957-32-6916-8（平裝）
855　　100025946

綠蠹魚叢書 YLK30

寬勉人生

國際牌阿嬤給我的十堂課

作者：簡靜惠
照片提供：簡靜惠
攝影：楊雅棠
出版四部總編輯．總監：曾文娟
主編：鄭祥琳
企劃經理：楊金燕
行政編輯：江雯婷
美術設計：雅堂設計工作室

發行人：王榮文
出版發行：遠流出版事業股份有限公司
地址：臺北市南昌路二段 81 號 6 樓
電話：（02）2392-6899　傳真：（02）2392-6658
郵撥：0189456-1
著作權顧問：蕭雄淋律師
法律顧問：董安丹律師
2012 年 1 月 1 日 初版一刷
2014 年 11 月 28 日 初版三刷
行政院新聞局局版臺業字第 1295 號
售價：新台幣 340 元（缺頁或破損的書，請寄回更換）

ISBN：978-957-32-6916-8
YLib.com 遠流博識網
http://www.ylib.com　E-mail: ylib@ylib.com